随想集

遊歩場にて

新城貞夫

随想集　遊歩場にて　＊もくじ

I　日々のたわむれに

Ⅱ　旅の途上で

Ⅰ　日々のたわむれに

異議申立

一年前、六月。樺美智子が死んだ。国家が殺したのである。奇しくも皇太子妃と同じ名前である。その前年、六月。石川宮森小学校にジェット機が墜落、子供たちが死んだ。その時、そこに居合わせた、というだけの理由で。やはり国家が殺したのである。十六年前、一九四五年六月。この小さな島で何万、何十万か、その数、計り知りえないほどの人間が死んだ。それでも国家は繁茂する、累々たる屍体の上に。

六月、私は一片の文書を受け取る。そこには歴史学科四年次　そして私の名があり、「右は一九六一年五月十七日学生心得第二十二条による手続きをふまないで渡航拒否抗議大会後統一行動に従わず独走しデモを行った。このような行為は諸規則に違反し学生の本分にもとるものである。よって学則第三十一条により戒告する。琉球大学学長　安里源秀」と記されている。付記して不服があれば異議を申し立てることができる、とある。これは大学当局の寛容を示しているのか、あるいは民主的手続きを踏んでいる、としたいのか、私にはわからぬ。がそれにしても当の本人から事情を聴くという初歩的手続きをふまないで懲戒の処分をしていいのか、という疑問を大学当局は抱かないのか。たしか警察は私を逮捕・留置・送検し、検察は起訴・拘置したが、それでも一応、取調という形ではあれ、当の本人からの事情聴取を行っている。どのような取調であったか、ここでは触れない。

学生心得二十二条に誌す。「学生又は学生の諸団体が本学内外において世論調査、署名運動、寄附金、募金、決議文の発表、行列行進しようとするとき又は学内において物品の販売をしようとするときは、補導教官又は顧問教官の助言を受け学生部長の承諾を受けなければならない」と。私は慈善家ではない、寄付や募金にかかわらない。私は商人でもない、物品の売買にかかわらない。それに輿論にならいざ知らず、世論には関心がない。

大阪っ子ならアホッかいな、という所だが、あいにく私は竹を割ったようなすっきりした性格ではなく、むしろ近代人の懐疑精神の持ち主である。悪法もまた法である、とソクラテスが言えば、そうである、としか言い様がないが、法政学科の人が言えば単なる口真似で、知識のひけらかしである。私はソクラテスの徒ではない、なにしろ毒杯を仰がない。

あれ、と思わぬでもない。私は統一行動に従わず独走しデモを行ったことになっている。それはそうだ、と言えばいい。たしか長距離選手・アベベも統一行動に従わず独りで走ったが、彼がオリンピック委員会から処分を受けたか、寡聞にして知らない。

裁判は現在進行形で、まだ無罪か有罪か確定していない。とすれば大学当局は私の行動に対し、判断を停止するか、一応ひかえるしかないが、その勇気があるとも思えない。

以上、異議申立、というより疑問を呈しておく。

一九六一年　夏

朝のあいびき

インターナショナル・ストリートを歩いていると、その真ん中ほどにカフェがある。シアトル発世界行のカフェで、ありとあらゆる都市に鎖をめぐらしている。鎖。冷戦期には国と国との間に張られたスパイ網。いまや携帯電話を片手にしたビジネス・マンやウーマンの、多くのツーリスト達の情報網。私はアメリカ語――イギリス語と同じか、似ても似つかないかはわからないが――帝国も、コカ・コーラやファースト・フード帝国も好きになれないが、このカフェ帝国は意外と気に入っている。むろんベルリンの「アインシュタイン」や沖縄市の「原点」の珈琲に比べれば、言うも惨憺として無残であるが、とりあえずぼけっとする時間と場所があればいい。無為と惰性と退屈、それは神からとは言わぬが、私に与えられた恩寵である。どこの何からやってくるか分からない。

女が座っている。やがて男がくるであろうが、いまはミルクのたっぷり入った飲み物を前にしている。私はウイーン風珈琲かラテかの区別もつかない。三十歳を幾つか越えていると、目で思う。ある種の自信と落ちつきがある。襞の多い長いスカートで、括れた腰にやや広めのバンドを締めている、というか引っかけている。亜麻色の長い髪が肩から背中にかけて流れている。

男がやって来る。端正な顔立ちをしている。おそらく天性のものである。さりげなく美しい。いつも同じ微笑を、ただ白い歯を見せるだけの某国スターとは段違いである。私はべつに熱狂的女性ファンから「○○様」と敬称かからかい気味で呼ばれる某国スターをどこか作り物を感じさせる、と言っているのではない。うっかり断定したようなものではあるか。おんなと男の、わかものと老人の好み、美の尺度が違うだけである。断固としてかねしろたけしであり、黒木メイサ、安室奈美恵である。

服飾評論家でもないので、当てずっぽうに言うしかないのだが、女にはシャネルが、男にはアルマーニが似合う。とはいえ私はそれ以外のブランド商品を知りはしない。服飾と教養・人格との間に関係があるか、ないかを別として、人それぞれの趣味の問題には属する。やはり人生最大の重大事は食べる・住む・装うである。

逢引なんだな、と思う。あいびきといえば、ボヴァリー夫人であったか、朝の露を踏んで情人の所から帰って行ったのは？　いまや男と女は観光客で混み合うカフェでさり気なく出会うのである。他人のこと、実務上のことを放擲して単純で瑞々しい会話を交わしているに違いない。

ジャズが流れている。ジョン・コルトレーンでないことはたしかだ。もしコルトレーンであるとすれば、ドラムはエルヴィン・ジョーンズである。

二〇〇四年五月

名前の由来

インターナショナル・ストリートで石を投げればミュージシャンに当たる、とは三味線屋の、むろん蛇皮ではなく、インスタント三線、もしくはカンカラさんしんを売っているのであるが、若い男の言い種である。それほど詩の島、歌の島、音楽の島だとも思えない。試してみるがいい。ほとんど確実に観光客が被害に遭うだけである。投げた石が自分に返ってこない、という保証もない。

他国こそわが故郷だとは言わぬが、いくらか思っている節がある。事実、私はこの島を遥か南の何百か何千海里かの彼方からやってきた、というか柳田国男によれば、海上の道を辿ってきたのである。むろん、島崎藤村風にいえば椰子の実とともに流れついたのである。いかなる場所にも属さない、折口信夫によれば、まれびと。やくざ風に言えば客人である、というほどではないが、どこもかしこも居心地が悪いのである。やはり私は地元で余所者である。インターナショナル・ストリートを観光客と呼び込み屋の隙間を縫って、というか借りて歩くしかない。

ほぼ中央にデパートがある。新生三越と敢えて謳うからには何らかの経営上の困難・危機があるのかも知れない。いまインターナショナル・ストリートはアジアを過剰に、しかも粉飾して発信し、ヨーロッパを過少に受信している。ヨーロッパなんて、と吐き捨てる尖鋭な詩人や画家がいる。受信もまた能力である。三越は唯一とは言わぬが、ヨーロッパの風を、その味覚や香り、色彩を運んでくる、外に開かれた空間である。われわれはアジアに開かれている、とぬかすアーティストがいる。自分をアジアの外に置いてである。かれらがアジアを言う場合、西アジアのイスラム圏が除かれている。たかだか大東亜共栄圏の範囲内に止まる。かつての歪な帝国・大日本の二十一世紀版だな、と気づく。

三越の前に立っている。信号が青になるのを待って平和通りに入るか、どうかまだ決めていない。目の前を通り過ぎる女性がいる。腰が、というか臀部がゆれている。私はそれが左右に揺れるか、前後に動くか、上下に振れるか、どちらでもある気がするが、よく分からない。さように観察力がない。中学生の、画家になる夢を諦めた所以でもある。

戦争に負けると雨後の竹の子ではないが、あちらに国際劇場、こちらに平和館が建ち、人びとを娯楽へと誘う。それほど多くはない贅沢である。それほど多くはない食料品や衣類を商う場所をインターナショナル・ストリートとか平和通りとか名づける。そう、負けるとはいくらかの希望でもあったのだ。浅草や長崎、徳之島、パリにもそう呼ばれるストリートがある。ドイツは特殊である。戦争に何回負けようが、戦勝記念塔の天辺に勝利の女神が惨憺として燦然と輝いている国である。

二〇〇四年七月

路上の商人

そろそろ夏の盛りを越したようである。吹くか吹かぬか分からぬ程度に風がからだを擦ってゆく。私はインターナショナル・ストリートを歩いている。奇蹟の一マイルと呼ばれているが、それだけあるか、ないかは知らない。さほど物好きではないし、科学的——ときに市場に氾濫する健康食品の場合、迷信的と同じ意味で使う——実証主義者でもない。実際に測ったことはないし、その気もない。いくらか鷹揚で世間がそういうなら、まあそうだろうと思うだけである。

歩道に色とりどりのTシャツを売っている女がいる。他府県からやってきた若い女性である。道行く若い男に、「どうね、恋人に一枚」なんて呼びかけている。男は自尊心をくすぐられるか、だって恋人がいないなんて男の眉間に、いや失礼、沽券にかかわるではないか。それともからかい半分か、どうかわからぬが立ち止まる。と勝負は決まった。男はいい鴨になる。

値段はジャンケンで決める。女が勝てば二千円、負ければ千五百円でいい、と言う。なんのことはない、女は勝っても負けても売ることになり、男は勝っても負けても買わされる羽目になるのだ。ここだけにあるのよ、というが、なーにどこでも売っている代物である。二人はことばのキャッチ・ボール遊び、というか言葉の商取引をしているのかも知れない。すべては商品化する、愛もまた。むろん言葉も。とマルクスが言ったか、どうかを知らない。もし言ったとすれば彼は現実の後追いをしただけである。ミネルヴァの梟は、夜明けとともに飛び立つ（ヘーゲル）とすれば、なんだかの先見性、予見性を持っていたとは言い難い。事実をかき集めて一つの経済学という体系を作り上げはしたが、文学の才能、いわば予見する能力には欠けていた。

男はTシャツを安くで手に入れる。むろん私とて道端で埃に晒されている代物を恋人へのお土産にする気はない、とは言わない。人生、いろいろではないが、人、それぞれではある。原価はいくらか、利潤率は何パーセントか、など考えてひとは物を買うのではない。今日、遊びとして消費を抜きにして世界に冠たる資本主義が成り立つとも思えない。消費は生産である。存分に消費を遊んで楽しむがいい、その先には買い物依存症という精神の病が待っている。家庭の主婦とは限らない。主夫もまた、である。事実、私の机の引き出しには喫煙の癖もないのにピエールカルダンのライターがある、一年に一回も首を絞めることもないのにランバンの百パーセント絹のネクタイがある。

いまやインターナショナル・ストリートの、猥雑な風物詩である。

二〇〇四年

裏通りのパラダイス

インターナショナル・ストリートを歩いていくと、いまは廃屋となっている旧キネマ館がある。昔の、といってもつい二、三カ月ほど前のポスターが貼ってある。野ざらしに、いや風雨に晒されている。世間はいくらか恩知らずである。帝国の崩壊・敗戦から再興・安定への約半世紀、ここキネマ館で上映される外国映画がいかに人びとの娯楽への渇きを癒してくれたかを忘れている。時代と共にあった、時代とともに流れる。ようやく老耄に達した男の郷愁である。老人にとって戦争もまた郷愁となる。そう、A Saudade。

私は観光客が好きでもないし、嫌いでもない。ほとんど無関係である。とくに避けるという理由もないが、旧キネマ館のやや斜め向かいで行き先を変える、とそこはパラダイス通りと呼ばれる。表の、表だけを着飾ったインターナショナル・ストリートの陰に隠れた、むしろ裏の、心寂れた通りではあったし、いまもなおそうであるが、たぶん希望を、いや、皮肉を込めて名をつけたのであろう。

世の中にはどういう才覚の持ち主か、絶妙な名前を思いつく人がいるもので、ご多分に漏れず、誰が名付け親かは知られていない。読み人知らずである。いずれ市史編集室、もしくは民間の好事家がいくらかの伝説を加えて明らかにするかも知れない。世界各地に例がないでもない。たとえばシカゴのドリームランド・カフェでは黒人の男と女が湿っぽい、気だるい音楽に合わせてブルースを踊っていたし、同じくベルリンのEngel通りでは言葉の掛け値なしの意味での夜の女性や、その美しい貴公子・ジゴロが蠢いていたが、いずれも一九三〇年代の世界恐慌の落し子であり、アメリカン・ドリームとも天使ともまったく無縁なカフェであり、通りの名称であった、と私は見て来たような嘘を言う。急いで付け加えればいかなる経済不況も高貴な精神を別として、健全な、生身の肉体の悦楽まで奪うものではない。

名称と実体はかくも違うのであるが、それでもパラダイス通りにも結構、洒落た店がある、と言っていたのが詩人の中里友豪であったかどうか、いまは忘れたが、私はその通りをのほほんと歩いている。軽やかな、その名の通り「地下室のメロディー」を口笛にして。

人だかりがしている。昨日の民放テレビが美味い店として取りあげた蕎麦屋、というか琉球ラーメン屋である。路上に溢れて列をなす者。ほとんどが観光客であるが、まだ暑い日中をその数二十四人が順番待ちをしている。このテレビ効果がいつまで続くか、それとも観光客が押し寄せると味が落ちる、という定説通りになるか、は知らない。

私はそっと隣の、肉桂の薫るカフェに入る。そして眠る。天井から降ってくる音楽を枕にして惚けたように眠る。

二〇〇四年

恋のかけひき

十月ともなれば、いくらか常夏の島――春夏秋冬、四季の区別がないとはよくも大雑把な物言いではある――だとはいえ、さすがに風がからだにやさしいものだ。

私はうだるような、よどんだ空気を避けて、どこでもいい、此処でさえなければ、とある任意のカフェに涼を求めたものだが、いまはその理由もない。インターナショナル・ストリートをぼんやり歩いていると、群れとしての観光客に突き飛ばされかねないので、急いで通りに面した、シアトル発世界行のカフェに逃げ込むというのも口実にならない。個としての私だって相手にぶつかっているかも知れない。かれらにとってお前の存在そのものが迷惑なのである。なにしろ、此処ではかれらが主権者で、那覇っ子はその他の余りに過ぎない。倭人通りとの別名があるか、どうかを承知していない。

やはり、というか案の定と言うか、とあるカフェでエスプレッソを前にして座っている。苦味はやや多めに砂糖を入れて消してある。むかし、といってもたかが半世紀ほど前のことに過ぎないが、コーヒーには角砂糖二個を落とし、静かにかき混ぜる、ああ、そう、最後にミルクをたっぷり注ぐものと決めていたっけ。エスプレッソをほとんど砂糖無しに、一気に飲んで、さっと立ち去る。どこかのビジネスマンのように恰好よくはないが、例の朝の目覚めの儀式ではある。しばらく大学ノートに文字を書く。解読不能な神聖文字である。やがて厭きる、大仰に欠伸をする。

男と女がいる。三十歳をちょっと過ぎたかな、と私は目で思う。ある種の落ち着きがある。女にしても男にしても若い肉体には知性と、おそらく豊かな感性が潜んでいる。彦星と織姫ではないので、年にありて一夜妹に逢ふ彦星も我れにまさりて思ふらめやも、という切実さにない。ほとんど毎日欠かさず会うことができるし、事実またそうしているが、ある日はおんなが、別の日は男が遅れることもある。ボタンの掛け違いかな、とも思えるが、そうではないかも知れない。女にしても男にしても相手を長く待つことはない。

男は女を、あるいはその逆に待たし、焦らそうとするが、おんなはおとこの、やはり逆にその手には乗らない。さりげなく涼しい風で席を立つ。待たすにしても、待たさないにしても、一つの策である。不意打ちを喰らわす、素っ気なく振舞うもまた恋のテクニックではある。とすれば、これは駆引きである。引き締まった肉体の男と細身だが、奥にふくよかなからだを隠した女の、恋のかけひき・恋の悪巧みである。どこかロココ風な、典雅な、いくらかコケティッシュとでもいおうか。

インターナショナル・ストリートは依然、ざわざわとしてざわついている。やはりさわさわとして騒いでいる。沖縄の人は肝さーさーしている。

二〇〇四年十月

愛のかけら

男は七時に部屋を出る。マンションの九階からエレベーターで一気に下る。とそこはもうインターナショナル・ストリートである。自分の庭ではないが、ほとんどそれに近い。朝夕の、ときに深夜の遊歩場として自在に歩き回れる場所でもある。むろんニライ・カナイからの神ともまれびとも異形の者ともつかぬ、群れとしての観光客の隙間を縫ってではある。

風はない。ひんやりとした朝の空気が男のからだを引き締める。右にいくか、左にいくか、まだ決めていない。そのまま立ち止まっても、引き返してもいい。宙ぶらりんに在る、なにをするでもなく、しないでもなく。ニュートラルな意志、それとも自由自在と言い直すか。なーに優柔不断というか、ほとんど意志を欠いているだけである。まあ、いずれ死語となるズボンのポケットから百円硬貨を取り出して掌の宇宙に投げる。表がでるか、裏がでるかによって決めてもいいが、そんなハリウッド映画並の芸当が出来るはずがない。結局、からだの傾く方へ歩く。

斜め向かいに旧山城時計店があり、いまは時代遅れの、まあ、いずれつぶれるか、他の人にはいざ知らず、男の目にはいかにも安っぽいブランド商品を扱う店になっている。そこの時計塔の針はいつも九時十八分を指している。かの悪名高い地動説――そう、人びとは神々を地上から放逐した。そう、至上なるものが泥まみれになった――以来、世界は絶えず動いているが、ここでは時間が停止しているか、死んでいる。最新流行のスローモーション・ライフに似つかわしい、とはいくらなんでも思わないのである。

街はまだ静かである。売り子や呼び込み屋、観光客。それに鑑札表を胸に付けた人たちの姿も疎らである。鑑札表、それは太田革新県政の頃から目立ち始めたのである。ときに男は暴発的な、奇矯な行為をするが、いくらなんでもインターナショナル・ストリートの中心で愛を叫んだりしない。ただ拾うだけである、愛のかけらを。とっくに壊れてしまった愛の欠片を。それも道端に捨ててあればの話である。

愛は溢れている。街角の世界一小さいそば屋、居酒屋。ホテルやリストランテから吐き出される残飯と同じ程度に溢れている。だが、男のものではないだけだ。むろん男にだって道端の石ころを拾うように拾えぬでもない。深夜、インターナショナル・ストリートを歩いていると、おじさん、やりたい？　と声をかけてくる、まだ生え初めぬ陰毛の少女がいないでもない。

男は文化遺産風の建物とビルディングの隙間からガラスのかけらを拾っただけである。風に晒されてくすんだエメラルド色のガラス、しかも欠片。

二〇〇五年四月

エロスの出現

インターナショナル・ストリートは土砂降りである。自動車はライトを点けて走っている。ときおり白い水しぶきを上げるが、歩道を歩いている男にはさほどの被害も及ばない。すでにおとこの、最近ではパンツと呼ぶズボンもおとこの前をゆく男の兵隊服もずぶ濡れである、というのが事実に近い。いまさら濡れるも濡れぬでもあるまい。

男は時計を持たない、というのではなく、そもそも時計がないのである。ついでに言えば手鏡もカメラ付き携帯電話もない。地下鉄やデパートのエスカレーターで覗いたの覗かなかったの、撮ったの撮らなかったの、といった永遠の下半身問題――下部構造は意識を規定する――に巻き込まれたくないからではない。ただ不要なだけである。むろん男は若い女性のからだに触れたの、ほとんど無防備の短いスカートの中を覗いたの、といった争いの渦や国家機関の仕掛けた罠にはまるかも知れない、とは思わない。なにしろ男には予想もつかない示談金を払うだけの家計の余裕がない。社会的地位や名誉もない。訴えたとてしようがない。なにしろ男はテレビに登場する大学教授、その他の有名人でもない。罠にはめたとてしようがない。テレビや週刊誌も騒ぎようがない。

男はインターナショナル・ストリートを歩くに身にまとう衣服があればいい、あとは余りである、とは思わないが、ほぼそれに近い。時計やケイタイは当然として手帳や万年筆、その他の男の必需品を持たない。無の所有者。無はすべてを、天を所有する、とまでは断定しない。ただ身を軽くすること、怠惰なだけである。やはり例の外はある。五百円硬貨がポケットの底に納まっている。男の隠れ家とかいう無為の場所、カフェで無為の時間を過ごす必要経費。エスプレッソはアルコール無しで酔う男の酔いざましである。

　薄い灰白色の雨の中を若い女性が追い越してゆく。三十歳前後か、ジーンズがやや細身のからだをぴったりと包んでいる、というより締め付けている。小さな水たまりを避けようとして左の足を跳ねるかのように前に出す、とからだの均衡が崩れる。

　成熟した女性のからだは音楽である。それぞれ独自のリズムに乗る。独自のメロディーを奏でる。それなりの均斉を保つ。いまはその息づかいを舗道に叩きつける雨の音がかき消している。むろん昨夜の情事の匂いはシャネル№5であっさり消されている。女はみんなこうしたものか、どうかは知らないが、きのうの男はきょうの朝には存在しない。おんなにとっておとこはあすの男までの繋ぎである。シャネル№5より軽い、吹けば飛ぶような存在。

　おんなは瞬時にしてくねったからだの均衡を取り戻す、と男は女のしなやかに撓む肉体に一瞬の女神・エロスを視たのである。

二〇〇五年五月

さて、映画でも

映画をテレビで見るのを好まない。臨場感・抑揚感・浮遊感、なんと名づけてもいいが、感覚が踊らないのだ。まあ、代用品ぐらいにはなるか。近くのデパートの最上階に映画館があるにはあるが、ほとんどがアメリカ語映画で食指が動かない。ハリウッド映画の大仰さに辟易しているのである。万に一つ、拾いものがあれば僥倖というものだ。とはいえ、拾い物は駐在さんに届けるものであって、私するものではない、というのが親からの教えである。

昼食を済ませると気晴らし――気晴らし、私はB・パスカルに反して言うのだが、なんという平穏、人生にはかかる幸福があるものだ――を求めて部屋を出る。気が向けばキネマでもだが、いまインターナショナル・ストーリーに映画館はない。数年前、そこに残っていた唯一のそれが役割を終えたのか、いつか再建するのか分からないが、ただ歴史的記念物として残骸をさらけだしている。いずれ現代文明の宿運として廃墟すら残しはしない。文明は文明によって亡ぶ。言い直してもいい、進化する、と。

インターナショナル・ストリートを平和通りへ曲がるか、もう少し先の広場を横切って歩いていくとサクラザカに到る。考古学の殿堂入りを危うく免れた、というか再利用した映画館がある。むろん映画館にはスクリーンに映らない、それ自体の経営にまつわるとか裏面史があるにはあるが、やはり夜の噂話として留まる。いずれそれを語る人も消えていく。それともあることないことをこき混ぜるノンフィクション作家が現れるか。

二人の女性がしゃべっている。一人は三十歳前後かな、と目で思う。私の場合、思考は感覚からやってくる。宜野湾から来たと言う。聞くでもなく、聞かぬでもなく耳に入るのである。ギノワン？　聞いた気がする。なんだ、おれの住んでいる所ではないか。もう一人は中年の女性で映画や映画館のことを弾むような声で生き生きと語っている。長いタイトスカートがからだを引き締めている。チャイナドレスのように横の方が裂けている、というより割れている。女という性はその纏う衣裳によって自らの肉の豊かさを自在に示す。男という性は？　なにしろ当事者である、よく分からないのだ。

インターナショナル・ストリートを少し脇に入ると、かつての映画館――戦後史の詰まった箱――が考古学の殿堂からひき出され、息を吹き返す。開南にもあったのよ、どちらかと言えば政治色が強かったけれど、と年輩の女性が言う。ははーん、日本映画のヌーヴェル・ヴァーグの頃だな、と気づく。いまなお映画への、映画館のある風景へのオマージュを捧げる人がいる。私には惜別の歌のように聞こえる。確実に青春は去ったのである。ただ回想として在るだけである。

二〇〇五年七月

土下座と銅像

一応、書斎らしいものはあるが、本を読むようにも、ものを考えるようにもなってない。ましてや物を書くようにはなるはずがない。さして不都合はない。世間一般の、単なる物置それとも収納庫、もっと気障っぽくいえば、「男の部屋」にすぎない。

書を捨ててではないが、街に出る。文庫本——古本屋で買った百円均一本——を持つ場合もあるし、手ぶらの場合もある。ようするに気分次第である。布製のブックカバーを付ける場合もあれば、裸のままの場合もある。要するに天気屋なのである。どこかの公園で、ベンチに腰を下ろす、そしてページを開くなど、天地がひっくり返ってもない。インターナショナル・ストリート——東西南北どこから何処へ走っているのか、いまだに分からない。よほどに方向音痴である——を歩く。足があるからには歩くようになっている。歩きながら考える。歩きながら、妄想や空想を含めてだが、想像する。突然、思考が切れる、別の思考がやってくる。妄想や想像もである。注意散漫というか、集中力に欠けるので想像から創造へ到ることはない。

インターナショナル・ストリートから枝分かれする、と名にし負うかどうかは知らないが、平和通りに入る。敗戦国の場合、全国いたる所に国際通りや平和通りなど、市場ができる。国際劇場や平和館など、映画館が建つ。その数、五十や百をゆうに超えるはずだ。そう、パリにだって平和通りがあったっけ。

　まだ、選択というか、決断を下しかねている。なにしろ大仰な実存主義によれば人生は選択であり、決断である。結婚するか、しないか。平和通りのアーケードをくぐるべきか、潜らざるべきか。なんのことはない、手持無沙汰である。電柱に段ボール紙がぶら下がっている。その通り・おっしゃる通り、君の言う通り、と書いてあるが、すぐその嘘はばれる。販売価格三千円のTシャツを三百円で買うと言えば、その通りに、おっしゃる通りに、君の言う通りにしない。面従腹背は世の常である。むろん、唇に微笑を、腹の内にはベロを、と国語辞典には書いてない。

　沖縄学の父たち、その子供たちは口を揃えて沖縄の人は卑屈である、もっと自信を持てというが、それは学説や定説にすぎないか、あるいは功なり遂げた者の上からの視線である。田舎から都市へ、そこに住むほかない人たちの、ほとんど定型ではあるが、さして重要なことではない。むしろ沖縄には土下座の思想がない、もしくは希薄である。銅像の思想もない、もしくは希薄である。代りにいかなる生も死も等価である、とする思想がある。

　私は依然として平和通りの門口に立っている。すぐそこのレトロな、ほとんどヴィヴァルディだけが鳴っている喫茶店に入るかどうか迷っている。

二〇〇五年十月

緑ヶ丘公園で

インターナショナル・ストリートをどの方向からでもいいから歩いてくる、とやや汗ばむころ、歴史の殿堂入りをした旧山形屋に到る。いくらか寂しい思いがないでもないが、人びとは時代の流れだね、と一言二言呟いて、あとは忘れるに違いない。いまやその廃墟もなく、むろん遺構とて無い。現代建築は跡形もなく、消え失せる。どんなに足掻いてももがいても文化財にはならない。建設途中のシティ・ホテルと二階が地方銀行で一階がカフェになっている建物の間を通り抜けるが、風が通らない。風が静止している。晩秋の、からだを擦ってゆく風の爽やかさがない。

パラダイス通りに突き当たる。右折して肉桂の薫るカフェでしばらく転寝をしてもいい。目の前の緑ヶ丘公園に入って、ベンチに座る、ひたすら座る。いわば只管打座をしてもいい。どっちつかずというか、要するにニュートラルである。さて、と私は無意志のままにというか、盲目的意志に従って歩きはじめるが、たぶん木陰の方へ、である。

全国には緑ヶ丘公園がゆうに百や二百を越して散在するが、それらは名称と実体がかけ離れている場合が多い。近くはさくらややなぎがあろうと無かろうと桜坂であり、柳通りである。そこは敗戦後の混乱期にはいわば夜の繁華街であり、時には闇の取引所でもあったが、いまはその使命を果たし終えて古老たちの昔語りになっているだけだ。老人にとって戦争でさえ郷愁である。緑ヶ丘、この公園はわずかの例外として名が体を表している。

初春の頃、がじゅまる——がじまるとするかどうか、たとえば文学者や言語学者がどう表記しているかによって、その人の出自や地位・教養が明らかになるのだが、いまは問わない——の木の下には紫かたばみが萌え出で、浅みどりの敷物を広げていたが、いまはいかにも生命力旺盛な、ごつごつした草が生えている。私はその雑草の名前を別に秘匿義務があるわけではないが、ここに記さない。

鳳凰木が傘の形に枝を広げている。ベンチに二人の、うち一人はやや太り気味の女子高校生が腰かけている、というより股を開いている。男の急所という場合の、それがおんなにもあるかどうかは分からぬが、からだの、とある部分を短いスカートで押さえている。某高校の生活手帳にスカートの丈を膝上五㎝まで可、十㎝以上不可、と規定しているかどうか、私の知る所ではない。ジャン・コクトーの「大股開き」が半開なのか全開なのか、その広角度がやはり分からないのである。少女はすべて娼婦である、永遠に気だるい快楽の娼婦である。

さらに奥に進むと桃色りょうぜんの梢に、たぶん季節はずれの花が咲いている。音もなく降るように舞う様に花弁を落としているはずだ。

二〇〇五年十一月

スクランブル広場で

私は広場に立っている。自動車が行き交う、一斉に停止する。人びとが立ちどまる、一斉に動き出す。今晩の夕食に、と買い込んだ馬鈴薯・ラム肉・ワインを入れたビニール袋がざらざら、じゃらじゃら人工的で、気障りな非音楽を奏でている。二十一世紀、音楽と非音楽の境界は取っ払われている、というか混濁している。幸いなるかな、現代人は騒音を音楽として聴く耳を持っている。カタカナ語でボーダーレスという。

信号が青になる。が歩きだそうとしない。ただ呆けっとしている。目に風景が視えず、耳に音が聴こえない。いま、ここに在る。事物のように。時折、出てきたばかりのデパートの正面に掛った時計を見上げたりするが、べつに時間を気にしているのでもない。ただ、慣性の、もしくは惰性の法則に従ったままで、どうでもいいのである。

私は時間の内を歩いている、のではない。時間は私の外に在る。ただ私がそれを意識するか、しないかである。いわば時間は観念である。とはいえ時間は私のからだの上をそよっと通り過ぎるか、それとも体の中を突風のように吹き抜けるか、いまは分からない。時間は私の外に、しかも異物のように在る。

信号が再び青になる。人びとが向う岸を目ざして一斉に動き出す。まるで人生究極の目的地が彼岸であるかのように。依然、此処に止まっている。力を込めて踏ん張っている、というほどでもない。男――中肉中背の老人、まだ足腰はしっかりした――が目の前を急ぎ足で通り過ぎる。つい先年、琉球大学を定年退職した岡本恵徳先生だな、と思う間もなく、さっと広場を渡り切ってしまう。男って大変である。定年後も歩き続けなければならない。生き急がねばならないなんて、と私は立ち止まったまま思うのである。

三度、青になる。ようやく歩きだすが、向こう岸まで上手く泳げるか、どうかは渡ってみなければ分からない。掃いて捨てるほどではないが――ほぼ、それに近い――お土産屋の看板にインターナショナル・ストリートの入り口と書いてある。なーに逆の方向からやって来れば出口である。

傍らをさっと過った女性がいる。風が動いたか、動かぬか気づかない程度に香水の匂いがする。ジーンズが似合う、ぴったりとからだを包んでいる。三十代半ばか、女豹よりしなやかではないが、ほぼそれに近い動きを示す。女豹。私はパリの地下鉄でアラブ系の女掏摸にひどい目に遇わされているが、意外と憎めないのである。

ある科白を思い出す。成熟した女性はその裏庭も立派である、と。口にすれば火のように恥ずかしく、文字にすれば呵呵大笑するしかないが、E・ヘミングウェイであるか、どうかは確かめ様がない。私は首を傾げている。

二〇〇六年十月

指定席

私は一冊の詩集を親指と人差指に挟んで、時には宙に回しながら歩いている。インターナショナル・ストリートは観光客でごった返している。Kokusai doriとも和人通りとも呼ばれているが、いくつかあるらしい通り会から抗議の声が上がった、どうか寡聞にして知らない。私は結構、この奇跡でも恩寵でも何でもないが、沖縄の戦後史で「奇跡の一マイル」と語られる、ストリートが気に入っている。日々の散歩に適当な距離にある。

私は幾つかのカフェに、むろん、ヴィスコンティ家がミラノ・スカラ座に永代使用権を持つようにではないが、指定席がある。なーにその席に先客があれば立ち去るだけである。要するに席が空いている時だけの指定席である。

私はインターナショナル・ストリートの裏手の、肉桂の薫るカフェに座って、ぼんやり外を眺めている、ように見えるはずだ。果たして私の目に外の世界が写っているか、どうかを確かめようがない。人は外の景色を映しているであろう、自分の眼だけは自分で見ることが出来ない。私は内部を覗かない、どう見積もっても泥沼である。神秘は外部に宿る、とは誰の言葉であったか、おそらく神秘は内部にも外部にもない。そもそも内と外、精神と肉体、心と心臓の二元論が成り立つか。いずれかが病む時、他方もまた病むに違いない。

若い女の子が悪魔か天使の飲物かは知らないが、私の人生にいくらかのずれはあるが、ほぼ等しく、やはり苦く、酸味の効いたコーヒーを運んでくる。人生をせめて甘美に、というわけではないが、砂糖をたっぷり入れる。

ページをめくると、めくるめく言葉に出会う、のではない。むしろ素っ気なく、ありふれた言葉が、ただ秩序正しく組み立てられているだけである。いかなる幻想も幻滅も幻覚も幻惑も無しに、言葉がただそこに裸のままに在る。

岡本定勝詩集『記憶の種子』はぼくと僕をめぐる家族の物語であり、はるかなる日々への、現在進行形の追憶のエッセイでもある。と同時に「言葉は生活の現場とその周縁」から紡ぐしかないとすれば、自分がいまここに在る、ことの歴史であるほかない。しかし、それは書くという行為である限り、やはり虚構である。想像力、というより連想力や妄想力も働くからである。

真夏の午後のカフェに気だるい歌が流れている。「私の心は落葉です」とアン・サリーが歌っている。おそらく存在は風にめくれる枯葉よりも軽い。というより軽快である。

（追記）岡本の詩は沖縄語から潔癖なまでに遠くに在る。沖縄・日本語なるものの混濁がないので、涼やかである。岡本は動物園のキリンが「最も正しく草を噛む」ように最も正しく日本語を駆使する詩人である。

沖縄文芸年鑑　二〇〇六年　沖縄タイムス社

会場の近くで

男がビラというか、ちらしというかは知らないが、とにかくそのようなものを配っている。初老で、黒いスーツを身にまとっている。会場へ急ぐ人びとの身なりとは違って、なにか不釣り合いな感を免れない。多くの人が普段着とは言わぬが、ややそれに近いのに対して、男は慇懃無礼なまでに正統派の身のこなしをしている。そういえば助手というか、付き人というかこれまた知らぬが、若い、たぶん二十代後半の女性もビジネススーツに身を包んでいる。

暦の上では秋に入っているが、まだ十分に肌の内から汗が滲んでくるのに、東京風スタイルで身を固めねばならぬ二人に、わたしは一円の身銭も切るつもりもないし、同情する気にもなれない。ひとが何を選択するかは、衣服ひとつをとっても、かれの信条・使命・役割・地位・趣味その他身体上の特徴からの必然であり、宿命である。

わたしは活字中毒症ではないが——ややそれに近い——受信した印刷物には目を通す。むろん逆の場合、コンピュータを駆使してまで情報を収集する気はない。要するにわたし宛に発信されれば受け止めるが、それをさらに未知なる知己へ郵送することはない。いわば永遠の局留め、もしくはほとんど確実にくず箱入れ。

そのようなものとしてわたしの手に渡されたビラまたはちらしを精読する気はないが、そこには六十二年前の、この島での惨劇に（大日本帝国）軍隊の命令はなかった、というのが本土の定説である、と書いてある。それはそうだろう、と言ってもいい。

軍の命令の有り無しやの争いは不毛である、のみか有害である。永遠の水掛け論、ごまかしあい。国家は痒くも痛くもなく、モナリザの謎の、もしくはマキャヴェッリの含みのある微笑を浮かべている。国家の検定教科書にこの島の惨劇を国軍――たしか友軍と称し、称されていた――の関与・使命による、と記載するか、削除するかの論争にさほど意味があるわけではない。惨劇の事実だけがある。――手榴弾を渡す者と渡される者、銃を持つ者と持たない者とがいる、という単純で明確な事実――。国家には維持・延命装置がある。しかもそれは国民の屍の上に自動的に機能する。国家理性の知恵――むろん狡知を含めて――である。

歴史はときに壮大な、目眩まし劇である。国家が死者を呼び起こす、亡霊が彷徨っている。その場合、わたしは神隠しに、いや目眩ましに会っている。政治の醜悪な現実から目を逸らす。国家理性はその程度には狡猾である。

二〇〇七年　秋

道の駅で

名護から那覇への中間、やや那覇寄りに中休み——地方語ではもっと床しい言い方もあるが、わたしはそれに習熟していないので、ここに記さない。六十年以上も島の言葉に接していて、この有り様である——するに適した場所がある。やはり村の名前は記さない。ははーん、あそこだな、と捜査線上の犯罪者ほどの土地勘がないでも気づくはずである。

わたしはパリのパン屋さん——なんともレトロな——の窓際に席を確保し、パスタを注文する。トマト派かクリーム派か、と問われればどちらでもいい派だが、若い女の子はトマトをベースにしたパスタを持ってくる。パン・サラダ・コーヒーは適当に取ればいい。わたしの胃袋は考える、たっぷり食べなければ損、と。下半身はいくらか浅ましいのである。

五十八号線をトラックや乗用車・オートバイ・バス・自転車がひっきりなしに北へ、南へ走っている。かの有名な、むろん悪名も含めてだが、広辞苑には北上する、南下する、という言葉はあるが、北下する、南上する、はない。これって南北差別じゃない？　と疑問を呈する人はいない。もしいるとすればよほど奇矯な人になる。

道路の両側に規則正しく街路樹が植えられている。海岸側に直立猿人でもあるまいが、真っ直ぐに椰子の木が立っている。こちら側に木麻黄の木が梢を揺らしている。冬としては温かく、おだやかな天気ではあるが、風はその程度には動いているのである。嵌め殺しのガラス窓になっているので、外の音は聞こえない。わたしは眼に見える風景に風の音楽を聴いている。

海。静謐で、どんな思考よりも明晰な海。わたしはぼんやり眺めている。愁いや悩み、ましてや憤怒もないかのようにのほほんとしているに違いない。意識は混濁しているが、風景は明確である、とは言わない。七十歳、ようやく老耄に達した男が断定する、風景に曇りがなければ、意識にも濁りがない、と。風景は意識を写す鏡である。

やはり海である、瑠璃の。波が寄せて、散る。水晶のように白く、冷やかである。二、三百mの所に白いボートが浮かんでいる。人がいるのか、何をしているのか、はっきりしない。沖合、波の上をサーファーが滑っている。蟻が羽を立てているような。

わたしは風景を病んでいるか、風景はわたしに慰藉になるか。なる、とすればわたしは存分に老いているのである。

二〇〇七年　冬

なんでも投機マネーのせい

物価が、ことに食料品の価格が上がりつづけている。過去形でも完了形でもなく、現在進行形である。始めがあれば終わりがある、としてもいつ完了形になるか、予想屋でもない私にはわかりようもない。ましてや経済アナリストにをや。

ここ二、三カ月で十〜五十％値上がりしたもの、これから二、三カ月で値上げを予告したものを加えると新聞紙一面を埋めて埋めつくしてなお足りないほどの食料品目が並ぶはずである。私は格別に主婦（夫）感覚の持ち主でも、庶民の味方でもないので、家計を圧迫する、とは言わない。それでも食べる、という行為はいま生きている、これからも生きてゆく最後の砦である、と思う。ひとはいざ知らず、私は下半身で考えるのである。

つい最近、なんでもカストロのせい、という映画があった。その通りの題名であったのか、ゲバラと入れ代わっていたのか、私には自信がない。なにしろ私はわたしの記憶力、というか記銘力に懐疑的なのである。それに私には外国映画を直訳するのではなく、自分勝手に意訳する癖がある。さらにその上、つい二カ月ほど前にチェ・ゲバラの娘がなんの用あってか知らないが、来島したことも、ただでさえ整理のつかない私の頭脳をあれやこれやで縺れに縺れさせている。

そうよ、なんでも原油高のせいなの、悪いのは、と言えばこの世の中のこと、すべて片が付く、というかどんな不平や不満、さらには正当な抗議も口を尖らせつつ納得するか、強引にねじ伏せられるしかない有り様である。

たしかに投機マネーは原油市場に流れ込む、すると機を逸せずガソリンや軽油の値段が上がる。さらに他の産業分野に波及する。たしかに投機マネーは穀物市場に流れ込む、やはり機を逸せずパンや麺類の値段が上がる。さらに他の食品分野に波及する。「政治家語彙集」を引く、と経済の波及効果と記されている。

原油取引はドル決済である。円はユーロに対して弱く、ドルに対して強い、いわゆる円高・ドル安の傾向にあったのだし、とすれば比較的有利に仕入れた原油が精製されたガソリンとしてなぜ一挙に高騰したのか、経済アナリストは言わない。黄金の沈黙。

原油も穀物も先物取引である。現物の受渡し及び決済は数カ月後である。とすれば投機マネーが市場に流れ込む前に仕入れた商品がいま流通しているのだが、その上数カ月後の価格を先取り、というか前倒しをしているのである。総合商社が北叟笑んでいる。

投機マネーが世界を駆けめぐる。彷徨えるオランダ人ではないが、帰港地もない。自己運動を続けるだけである。投機マネーではなく、むしろ政府のせいというのが事実に近い。政府にとってインフレーションが好ましいだけのことである。

二〇〇八年　六月

傭兵論

自国の総理大臣を指して、あなたはアメリカの愛人である、と言った俗受け政治家がいたか、どうかを私は知らない。彼の発言を正確に記すこともしない。あいにく私はいま大安売り中の「品格」を持ち合わせていないが、いくらかなりの羞恥心を持っている。

逆に迂闊にもというか、計算した上でというかはわからぬが、アメリカは日本の傭兵である、と本音を洩らして物議をかもした総理大臣がいたか、どうかも知らない。彼方からか、身内からかの抗議の声が発せられるや、忽ちその発言を取り消したこともいまは問わない。ふふーん、といくらか得心するだけである。

私の手元に「犯罪語彙集」がある。任意にページをめくる、とそこには殺人・暴行・凌辱・傷害・強盗その他あらゆる種類の犯罪がある。これらの犯罪に私自身が無縁だとは思わない。ひょっとして殺人を含めて、しかもその体力と知恵——奸智を含めて——に恵まれればの話だが私もまた犯罪者になるかも知れない、という不安の意識はある。

だからと言うわけでもないが、アメリカ兵の繰り返し、繰り返される犯罪を拳を上げて糾弾する気にもなれない。ただアメリカ人の不幸を——そしてそれは私達の不幸でもあるのだが——想うだけである。彼たちと私達とどちらがより不幸かは問わない。それはおそらく釣り合っている、としか言いようがない。

傭兵であること、傭兵を持つこと、さらに言えば自国兵を持つことの不幸は釣り合っている。いずれも幸福ではあり得ないことだけが確かである。抜け道や逃げ道はない、どの道も閉ざされている。私はしあわせ探しにもアイデンティティ探しにも縁がない、ましてやこのいびつな島の戦後思想の老大家のように精神革命とやらに逃げを打つ気もない。

アメリカは傭兵国家である、とは言わない。だがほぼそれに近い。ＢＢＣニュースは今朝もなんの前提なしに無条件にアメリカ大統領を世界最強の権力者と報じている。世界の常識に異を唱えようとは思わぬが、むしろ世界最大の傭兵隊長である、というのが実情に近いはずである。

日本地位協定は一種の雇用契約である。むろん日本が雇用国であり、アメリカは被雇用国、いわば傭兵国である。傭兵隊長が金をせびる、雇用国は聞かねばならぬ、骨の髄までしゃぶる、やはり受け入れねばならぬ。陽気で上機嫌な大統領、いつまでも他国の金庫を開く鍵を――まだその国に社会的富が残っていればの話だが――持っている。

芸術品であるか、危険物であるか、いずれでもあろうが、やはり国家は軍隊である。傭兵に金を払う、あとはかまわない。戦闘機を買う、というより買うよう強要される。ただＹＥＳとしか言えない、美しい国・ニッポンである。

二〇〇八年　夏

テレビの前で

老人は朝が早い、という。私に関する限りは嘘である。三、四十年前とほとんど変りなく、私は六時に起床し、七時には家を出る。家の近くを歩くだけである。むろん私とて自らの老人性徘徊という症状を自覚せぬでもないが、だからといって他人の目や耳や口などに構っておれはしない。世間なんてどうでもいい、とは言わぬが、ややそれに近い気持ちである。とすれば七十歳、私はようやく老耄に達している、と認めざるを得ない。

八時にはやや疲れ気味で帰ってくる。テレビの前に座る。スイッチは既に入っている。食卓にはご飯と味噌汁その他。ただ納豆がない、もしあればのことだが、老人の朝食としては定型である。私は食事一つを取っても目につくか、つかぬかわからないほどの破調、しかし、あくまで定型にこだわるのである。

私は戦後・日本の大いなる肯定の思想家のいう、老人にはテレビが必需品である、とまでは思わないが、結局、テレビをみながら食事をとるか、食事をとりながらテレビをみるかのいずれかである。人生の、とは言わぬが、毎日毎朝の通過儀礼である。

テレビはさほど深刻でもなく、とりたてて騒ぐほどのことでもないのに侃々諤々まじめな顔つきで間の抜けたおしゃべりをしている。そしていま私はそいつと付き合っている。やれやれ、いくら渡らねばならぬ世間だとはいってもやはりしんどいのである。

ウォール街で株価がはじける、とアメリカ発日本行の大津波が襲う。兜町壊滅。再び日は昇らない。ロンドン、フランクフルトも同じ。いくらなんでも経済小説の読みすぎだが、いまや一九二九年以来の未曽有――ニッポンの宰相によればみぞうゆう――の経済危機にある、とテレビは言う。百年に一度の金融危機である、と新聞は書く。私の七十年の人生で百年に一度の世界的金融危機を何回経験してきたことか、五回や六回にとどまらない。

株価の暴落、急激な円高ドル安。やがて実体経済にボディー・ブローのように効いてくる、生活次元への経済の悪化は避けられない、と掃いて捨てるほどいる証券アナリストは警告する。むろん嘘ではない。がほぼそれに近い。

大企業や政治家にとって百年に一度の金融危機は絶好のチャンスである。企業はこれ見よがしに非正規社員を放り出す、若者の就職内定を取り消す。そして国民を人質にして国家の金庫を開けさせる。むろん俗にいう埋蔵金があればの話だが。なければ三年後、いな十数年後までの税金を担保にして公的資金の注入もしくは放出を強要する。

注入・放出された資金はどこへ行くか、私の懐へではないことは確かである。円高・ドル安。いま日本企業のアメリカ買いが始まっている。証券・銀行・自動車等の株式を買いたたいているが、むろん海を越えた資金が戻ってくることはない。

二〇〇八年　秋

スターバックスで

いま午前十時七分、私はインターナショナル・ストリートのほぼ中央にあるカフェに座っている。そろそろ観光客が動き出す。私は人びとの往き来を見るでもなく、見ないでもなく、ぼんやり眺めている。むろん私の前にはエスプレッソが置かれている。

向かいの三、四m先のテーブルに恋人か、あるいは兄妹かはわからぬが、二人づれが座る。いずれも端正な顔立ちで、ひと頃の韓流スター並である。いまはどうなっているか、流行に疎い私にはわかり様がない。男は黒い髪を耳たぶのあたりまで伸ばしている。白金色のイヤリングが見え隠れする。時計は大きめのプラチナで金の筋が入っているかも知れない。動くごとに光沢を放つ。女は白と茶の混じったセーターをまとっている。

私は目をそらす。キネマ通りを——むかし、映画館があったという伝説もあるが、真偽のほどを知らない——ゆっくりと、ときに足早で通り過ぎる人びとに目をやる。私とはかかわりのない風景を眺める。意味があるでなく、ないでなく。

男が立ち上がる。きっと悪魔の飲み物コーヒーと幼児の飲み物ミルクを混ぜた甘ったるいラテを注文するであろうが、まあどうでもいい。日本酒でいえば辛口派が減り、甘口派が増えたからとて、私の好みを抜きにすれば、世の中が変わるでもないし、同じである。

それにしても男の野球帽とスニーカーが気になる。テレビ・新聞・週刊誌など、いわゆるマスコミの作り上げた容疑者像にそっくりなのである。凶悪犯は必ず野球帽にスニーカーを履いている、と言わんばかりである。すでに容疑者の定型的イメージができ上がっている。あとはピンときたら最寄りの交番へ、ということだ。

あの中年の男はどうだったかな、野球帽にスニーカーだったかな、と私の妄想はあらぬ方向へ広がる。三十余年前、自分の可愛がっていた犬が殺処分されたことへの仕返しに元厚生省事務次官を刺殺した、と威風堂々、まるで凱旋将軍のように自首した男。世間はわけがわからぬ、という。その筋の専門家は自分でもわからぬことを講義する。北国ではどうか知らないが、南の国では太陽が明るすぎる、という理由で人を殺すものなのだ。

すわっ、政治テロリズムか、と一瞬、背筋を寒くした為政者がいるか、どうかを私は知らない。いや、あれは年金テロだ、と言い換えて安堵の胸を撫で下ろした政治家がいたとしても私には関知しようもない。

精神鑑定に付す、一件落着。これでまた七十歳、ようやく老耄に達した男の推理がトンデモナイところへ動き出す。闇の力が働いたのである。少なくとも責任能力の有無論に持ち込めば国家は無傷、安泰というわけである。星条旗よ、永遠なれ！　私はどこか間違ったような気がするが、どこでなのかわからない。

二〇〇八年　冬

最初のアメリカ語

私はアメリカとのつき合い方を知らない。遠く一九四四年六月、とある南の島で――ここで島の名前は記さない、南洋桜の咲く島とだけ言っておく――初めてアメリカ人に接して以来、もう六十有余年にもなるが、依然として彼らとの接点を見出すことができない。

五、六歳の子供が覚えた最初のアメリカ語が人が出会いがしらに言う挨拶語、やあ　であったか、幼い子供が両手をさし出して物をねだる言葉、チョウダイであったかどうかは判然としない。ほとんど同時であったかもしれない――記憶は意識的であれ、無意識的であれ、後になってつくられ、作り変えられるものだし、私はわたしの記憶なるものを一かけらも信じてはいない――むろん私はここでアメリカ語を記さない。七十歳、ようやく老耄に達した男にもいくらかなりの羞恥心が残っている。

私はこの二つの言葉の指し示す意味を熟知していながら、いなそれ故にか、アメリカ人に向かって音声として発した覚えはない。やはり後になって、ややもの心ついた少年の羞恥心から記憶を抹殺する心因的自動装置が働いたかも知れない。とはいえ人は自らの記憶を葬り去ることによってしか生きられない、とまでは極言しない。

だが、私がこの二つの言葉の恩恵を受けなかったか、と言えばむしろ逆である。卑屈なまでに恵みを受けたのである。三歳の弟は幼児の常として平気の平左というか、天真爛漫に両手をかさねて、くださいに当たるアメリカ語を言う、と手のひらいっぱいのチョコレートやチューインガムに与《あずか》るが、小さな手は板チョコ二、三枚を握るのがやっとである。そのうちの一枚が兄さんのものである。

初めに言葉があった、アメリカ語は最初から恥ずかしい言葉であった、にしてもこれが私とアメリカ語との祝福されざる出会いであった、とは言わない、がやはりアメリカ語は生き生きした、弾むような喜びの言葉でないことも確かだ。宿運としか言いようのない言語。まず最初に物を乞う言葉を覚える、これが今風にいえば異文化との出会い・交流・理解なのである。人はどんなに着つくろっても、まず食べることから歩み出すしかない。

一九四五年五月某日、ベルリン。ロシアの兵士が子供たちにキャンディーを配る、というより投げ与える、そして満面の笑みをもって迎えられる。大人には一、二本のタバコを、気前のいい将校なら一箱そのままを友情の印に渡す。女性にはグルジア出身の兵士がおずおずと絹のストッキングをさし出して、ほしい？　と聞く、そしてからだを開く鍵（愛の）を受けとる。やはりベルリンでも物を乞う言葉としてロシア語があった。ヒトラーからハイル・スターリン！　まであと一歩である。

とすれば私の言葉が——日本語をふくめて——流暢であるはずがない。

二〇〇八年　聖夜

政治家の一般教養

にっぽんの宰相の識字力がテレビや新聞・週刊誌、はては文芸誌？　においてまで他に話題がないかのように囃したてている。詳細をようさい、踏襲をふしゅうと読んで、ひやかしというか、お笑いの対象となっている。むろん、私もその尻尾に乗っかって、かなりの学力低下ではあるな、と思わぬでもないが、いや、それほどではないかも知れない。なにしろ定額給付金一二、〇〇〇円を金持ちが受けとるのはさもしい、人それぞれの矜持の問題である、と言う。いまどき、さもしいや矜持――かれが持っているかどうかは別として――という言葉を使ったり読んだりすることができる人がざらにいるとも思えない。

それに加えて私にはまだ僅かながらも羞恥の感情があるらしく、自国の宰相をお笑いのさらし物にして何が面白いか、という思いがある。テレビというか、世論というか、いわゆる天の声である？　世間の宰相評にはかなりの抵抗感がある。この宰相なら衆議院の解散は、いや漢字の読み方は私が決める、と酒に酔っているのでもないのに――たぶん、権力には酔っているが――本音をついポロリと漏らしかねないが、それでも識字力ひとつをとっても世間の、少なくとも私の水準を超えている、と思う。

その宰相がである。政務の、――おそらく想像を絶する激務――隙間を縫って書店に立ち寄る。

とある一冊を、自分の意志でか、側近に薦められてかどうかはわからぬが手にする。そして買う。Ｎ・マキャヴェッリである。私はこの人はいかなる知識や情報、対話の内容も耳から入って、思考の回路を経ずに口から出てゆくタイプの政治家だと思っていた節がないでもない。が私は自らの思い込みにいくらか訂正を加えなければならない。遅まきながら本を読む、しかもマキャヴェッリを。むろん、抜粋本である。

Ｋ・マルクスとマルキスムス・マルキストがほとんど関係がないようにマキャヴェッリとマキャヴェッリスムス・マキャヴェッリストもまた同じである。いかなる思想も一回限りで、継承も応用もされることはない。マキャヴェッリに倣って言えば、時代の質が違う。なのに多くの死者が呼び戻されている。小林多喜二、Ｆ・ルーズヴェルトその他。

東京地検特捜部が動く。野党党首の公設第一秘書を逮捕する。正義の味方か鬼の特捜かは知らないが、関係事務所に乗り込む。このこと自体はどうでもいい。ただこの宰相がマキャヴェッリを読み始めたか、読み終わらぬうちの迅速さである。狐とライオンの比喩＝為政者は必要とあらば狡知と暴力を合わせ持たねばならぬ、を誤読したのである。狡知を浅知恵と解したのである。

私はここに宰相の名前を記さない。かれの名誉の――もしあればの話だが――ため、ではない。口にすること、書くことに羞恥を覚えるからである。

二〇〇九年　春

一枚の手紙

ここに一枚の半紙がある。昭和三十三年六月一日付、佐世保地方復員部長小池兼五郎から母宛である。以下、沖縄ではほとんどの家にあったし、別に珍しくもないが、公報の定型、あるいは帝国語の範例として原文を示す。

新城マツ殿　ご主人新城源正殿には昭和十九年六月二十五日　サイパン島（ゴム印）に於て戦死（ゴム印）せられましたので茲に公報を差上ぐると共に謹んでお悔み申し上げます。

本籍　沖縄県国頭郡今帰仁村字今泊一五七
現住所沖縄今帰仁村今帰仁区九班　海軍軍属（ゴム印）新城源正（大正5・1・15生）
第五海軍建設部附としてサイパン島に於いて勤務中昭和十九年六月上旬以来敵上陸軍をむかえて勇戦奮闘したが昭和十九年六月二十五日　同島の戦闘において壮烈な戦死を遂ぐ

私は帝国の崩壊後、十三年にして発せられたこの文書を実物として見た記憶がない。母がその存在を隠し通したのか、ならば何故？　私が知ろうとしなかったのか、おそらくいずれでもあろうが、過日、なんとも五十年後に、ひょんな偶然でその薄っぺらな半紙を目にすることになる。

日時、場所がその通りか、どうかは問わない。ただ父が勇戦奮闘したことはない。その死が壮烈であったこともない。国家の嘘である。帝国の文法・思想を相続した民主国家のついた嘘である。

いかなる国家も嘘の体系である。父は時代の病というか、帝国の病に精神の深部まで侵されていたが、それがそのまま死の哲学を意味したか、どうかは知らない。農業を職とした者に相応しい、とは思えない。

海軍建設部附。飛行場建設の労働力として狩りだされた工兵である。工兵は武器を与えられない、むろん銃の撃ち方も知らない。工兵はたとえ自ら望んだとて壮烈に死にようがない。帝国が予めそのような死にかたを封じている。まず工兵が死ぬ、兵士の弾除けである。つぎに兵士が死ぬ、将校の弾除けである。そして将校？　ようするに死の順位は決まっている。生の順位は逆である。私は死の階層制と呼ぶが、現在及び未来の国家を指して言っている。

国家が滅ぶ、国民に嘘をつく国家は滅ぶ、と評論家や文芸時評家までが言う。なんとものろまな危機意識であることか。国家は星条旗ではないが、永遠である、と認識する。国家には自動延命装置があって、日常・非日常的に機能している。自由民主党から民主党へ、いや帝国から民主国家へ衣替えをすればいい。やはり国家は生き延びる。そして私は好むか、好まないかにかかわりなく、国家の内に在る。

二〇〇九年　秋

北の、とある街で

いま私は北の、とある街に宿泊している。街自体が有名であるか、どうかは知らぬが、地元ではああ、あそこか、と頷くほど、よく知られている宿である。私の定宿と言っていい。結構、客はいるようで別館に回される。いくらか索漠としているが、旅行者に必要な最小限の備品は揃っている。ラジオ・パソコン・着替え・文庫本・メモ帳、その他を部屋に持ち込む。しばらく昼寝をする、そして街に出る。私の行動パターンである。今回もこの定型から外れない。旧市街地を歩く。二十世紀の考古学遺産とでも言うか、時間が停まっている。街は遠慮会釈なく、荒廃を晒している。北部振興費八〇〇億円の行方をよそ者の私が知るはずがない。

旧市街地の中心にパン屋兼喫茶店がある。と言っても主食としてのパンがない。菓子パンと甘ったるいケーキ類だけである。パンがなければケーキをお食べ、と店の主人が思っているのか、いや時代がそこまでやって来ているのか、私にはわからぬが、慶賀とすべしや否やはまた別の問題である。

アルミニウムの椅子に座る、一番安いパンとコーヒーを注文する。嵌め殺しのガラスを透して十字路の方を見る気もなく、見やっている。風景がない、というより死んでいる。疎らに人が通る、が人生がない。言い直してもいいが、やはり人生も壊れている。明日に控えた市長選挙でＡはパンを！　と言う、だが主食のパンではなく、ケーキを与える。もうチョコレートなんていらない。Ｂは希望を！　と叫ぶ、だが無残やな、その夢の跡。

不味いコーヒーを残して外に出ると、十字路から旧バス・センターにかけてアーケード街になっている。老若男女が――どちらかといえば老人が多く、さらに言えば男が多い――埋めつくしている。Ａ候補側の打ち上げ式である。宣伝カー兼演壇の下、ジャンパーに首を竦めて、私より三㎝ほど背が低い県知事がいる。勝っても負けてもいいや、と思っているか、どうかは推し量りようがない。

Ａが演壇にたつ。参議院の女性議員の名前を言い違える、カカズ・アイコと。いや愛敬です、と釈明する。勝負は決まったな、とは思わないが、昔の恋人か、いま密かにつき合っている女性との言い違えと精神分析の医師は断定するだろうな、と思わぬでもない。ただ私はＳ・フロイトの読み手ではない。

男が携帯電話を耳に当てている。仕方ないだろう、仕事なんだから。と不機嫌に言う。私はすべてを了解する。夫に帰宅を促す哀願・愚痴・怒り・悲鳴・呻きとも付かぬ声が電話の向こうから聴こえてくる。職場を通して家庭の隅々まで侵蝕する政治。とすれば勝敗はもう決まっている、がどう抗っても希望はない。

二〇一〇年

北の、とある海辺で

携帯電話で時間を見る、十時二十七分。私は腕時計を必要としない。今日、それは装飾品か持ち主のステータスを示す意味しか持たないが、ひとは不要不急の物を所有したくなるものだ。むろん私とて例の外に在るはずがない。ただ常時、身につけていないだけである。私は街を歩くとき、身に纏う衣服があれば事足りる。ただキニク（犬儒）学派の末裔ではないし、十字架上のイエスの信徒でもないので下半身を覆う布切れがあればいい、というわけにはいかない。珍しく常識を弁えている。付け加えれば三五〇〜五〇〇円ほどの硬貨があればいい。疲れていようといなかろうと私は馴染みのカフェに入る、休む、というより少し眠る。一時間三十五分後、コーヒー代を払って、さようなら、を太宰治並に数カ国語で言ってもいいが、ごく自然に何処にでも転がっている言葉で、ではまた、いつか、と言う。店を出る。がその行先をまだ決めていない。永遠の未決もしくはニュートラル。

正月元旦。とある、半島のとり立てて美しくも醜くもない、至極、凡庸の村。私の家から東南三、四㎞ほどの場所に名にし負うか、どうかこれまた知らぬが、世界文化遺産の一部らしい城址がある。私には黒ラベルのジョニー・ウォーカーが似合う、その琥珀の色も気に入っている。それでも健康病患者ではないし、今さらジョガーやウォーカーになるつもりはない。ましてや登山家にをや。私は城址を目指して歩いたり、走ったりはしない。ましてやピッケルやザイルを駆使して城壁を攀じ登る気など毛頭ない。

結局、北の、とある海辺にいる。そして携帯電話で時間を確かめる。ふーむ、十時四十五分か、別に時間を気にしているのでもない。わたしの外を時間が流れる、一瞬の時間の内に永遠の退屈という近代の宿痾がある。私はこの時代の病から自由ではあり得ない。文化遺産とまでは言えないが、骨董品の価値はありそうな車・オペルを降りる。ドアをぱたん！　と閉める。さて何処へ行くか、その前に両腕を上げて大きく欠伸をする。わたしの仕草を見ている人がいるか、どうかを私は知らない。ひとの誰にも見られていない無意識の所作はおそらく滑稽である。

護岸の上を歩く。普通乗用車がすれ違って通れるほどの幅である。左側には木麻黄や阿檀の木が生えている。右側には砂浜が続いている。若い父親が二人の子供と戯れている。なにか呼びあっている。もう、ではない。疾っくに美しい貝殻はない。それでも子供たちは自分だけの宝石を拾ったか、確証はない。いつの日か父親と歩いたありふれた海辺の小さな思い出という宝石を。

波を運んでくる海。どこからか分からぬが、私の視界の外からである。わたしの世界とは呼べない場所から運ばれてくる。

二〇一〇年

いやな感じ

この感じ、どうしようもなく嫌な感じはどこからくるのか、生まれながらの本能からか、とすれば私にそんな動物的な天禀があるとも思えない。生得的な経験や知識からか、それにしてはあまりに生まれながらに身についた、ある生理的な何ものかであるように、わたしのからだに粘っこく絡んでいる。いま私はこの嫌悪とも不快とも訳もわからぬ憤怒ともつかない感情にどう始末をつけるか、決めかねている。

大文字が踊っている。フテンマ飛行場の移設を北マリアナ連邦の知事が歓迎する、という記事を地元の二大新聞は大見出しで何か天から降ったかのごとく、地から湧いたかのように驚きをもって伝えている。アホッかいな、言えばいい、それにしてもフテンマ基地の移設論（県内・県外・さらに国外へ）がなぜ政治の中心地・オバマのワシントンやハトヤマのトウキョウを対象外にして一挙にサイパン・テニアンへと飛翔するのか、よくわからない。べつに私はトウキョウの、或いは全国のオキナワ化・基地化を言う気はない。

浮上しては消えてゆく泡沫か、打ち上げ花火の一瞬の幻か、それとも地元の人びとの反応を確かめる単なる観測球か、さらにそれともだが、五カ月後にめぐり巡って、やはりヘノコへ、と着地する、言いわけのアリバイ作りか。何れでもあり、いずれでもなかろうが、その帰結する所を私は知り様がない。

私には六十六年前の、サイパンの記憶がない。五歳児の記憶を他の人はどうか知らないが、私は信じようがない。自己にほとんど信を置いていない。むろん、なんの脈絡もなく、粉々に砕けた記憶の破片くらいは残ってもいいようが、それをしも記憶と呼べばであって、やはりないに等しい。とある風景が視えぬ、でもない。これをしも記憶と呼べばだが、むしろ鮮やかすぎるほどくきやかに視えさえする。

原野が燃えている。べつの方向で焼夷弾が上がる、尾を曳く光。逃げまどう人びとを執拗に追跡する光。光あれ！　の光、もっと光！　の光であるはずはない。砂糖きび畑が時に凄烈に、ときに燻ぶるように燃える。空には灰黒色の煙、それをしも雲というか、が浮かんでいる。行動する者には視えない、立ち止まる者にだけ視える光景である。

かつて帝国の植民地、そして私の生を享けた土地。いまアメリカ自治領・北マリアナ連邦の、とある島にフテンマ基地の移設先として架空の話であれ、白羽の矢が立つ。そして政治家は政治そのものが見捨てた人びとの貧困につけ込む。私はフテンマの国外移設派の無神経さに、いな無神経とも思っていない感覚に呆然としている。

このような政治の光景をこれまで視てきたし、これからも視ていかねばならぬ、やれやれしんどいというものだ。

二〇一〇年

聖ルカ病院でI　悪夢の効用

八時三十分、やはり雨、幾日になるか、数えていない。七階の病院から見下ろすと、片道二車線の道路を形や色彩、用途の異なる様ざまの車が往き交っている。道路の向こう側には灰色に煙って、集合住宅がある。だいぶ傷んだ古い市営住宅で、所どころペンキが剥げて、黒ずんでいる。永遠に癒えない精神の傷よりなお痛ましく、文明の残骸を露出している。人びとは近代文明の、コンクリート建築の残り滓のなかで生きている、というよりじっと潜んでいる。さらにというよりだが、収容されている。しかも身銭を切って。むろん私とて収容所の一員であることに変りはない。世界は囲いである。その外在性。

島に高い山はない。せいぜい海抜二〇〇ｍぐらいか、しかも頂に立つアンテナ塔を含めてである。例のスキーと登山好きの旅行者によればまがい物の山となる——私は原則として引用符を付さない、注釈も施さない。理由は無い、というよりあげれば限りが無い——が、たしかに冒険家を魅了するとは思えない山である。その中腹に聖ルカ病院はある。

とある朝、目覚めると私は巨大な芋虫であった。ふーむ、これって何処かで聞いたことがある、カフカの、エドガー・乱歩の全くの剽窃ではないか。ならば言い直そう。およそ身長一六五㎝、体重六八kgの物体として七三三号室のベッドの上に横たわっている、いやより正確には置かれている。

何がなんやら分からぬうちに駆け込むと、即入院。私はわたし自身を認知しようがない。眠る、ひたすら眠る。病者の義務として、ではなく体の芯から眠りたい。七十一歳、さらに老耄の闇を覚束ない足どりで歩む男はようやく辿り着いたかのようにベッドの上で眠っているい自分を意識しようがない。夢もみない、見るとすれば悪夢だが、それでも視ないよりはいい。目を覚ます効用がある。覚醒剤の代用にはなる。

ゲゲゲの鬼太郎の嫁さんのような長身の女性が立っている。三十歳に届くかな、と目で思う。私は軽口をたたく方だが、それでも初対面の女性に幼いころテレビ・ドラマの主人公並に「電信柱やーい、と囃したてられたの」とは聞かない。いくらか節度を弁えている、ふりをする。結局、私は話の糸口も付かぬまま自分のからだを飛び抜けて美しくも、とびぬけて奇矯でもない女性の実務的処置にゆだねる。やがて女性は熱さまし・炎症止め・栄養剤・睡眠薬、その他を混入した点滴の針を右手の静脈からはずす、新たに左手の静脈に刺し込んでここを出てゆく。そして私は眠りこむ。悪い奴ほどよく眠る、かどうかは私の知ったことではない。

院内放送で目を覚ます。ラジオ・ニュースを聞くと、ハトヤマ首相はギリシャの財政危機を心配している、と言う。私はわたしの危機を心配している。

二〇一〇年五月

聖ルカ病院でⅡ　崩れるからだ

午前六時、三十代半ばで太っちょの看護婦が来る。昨日からの夜勤明けなのか、気づかぬ程度に息の臭いがする。若くはないし、とはいえ年老いているのでもない。あいにく天気も悪いし、何かの信徒なら善きことの訪れの朝なのに、とっくに生活に疲れ、人生に倦んでいる。私の場合、内容は違うが、いまだ得体の知れない病気に疲れ、強要された安静に倦んでいる。予感がする、悪い予感ほど的中する。彼女、私の細い血管を探りえず、点滴の針をあっちに刺し、こっちに刺しする。幸か不幸か私は何かの徒ではない、おお神様、と叫ばないだけである。例の北欧の哲学者は肉中の棘と呼ぶ。

朝食。お粥・納豆・味噌汁・魚一切れ・御浸し・牛乳などカロリーを合理的に計算した、専属栄養士保証のいわゆる病人食。箸をとる。不味くもないし、旨くもないが、食おうと思えば食えぬこともない。ただ索漠としている。私は病人の、なにがなんでも体力をつけねばならぬという義務を一部放棄する。箸をおく。

物干し兼用のベランダに出ると、風がひゅーともびゅーともぴゅーともつかぬ音を立てている。雨が斜めに降る。駐車場に近く、樹木が揺れる。多分、くすのきである。男が車を降りる。黒い鞄を肩に下げている。将棋の駒でもあるまいし、吹けば飛ぶようなビニールの傘を差す。案の定、風が帰る。男は一瞬、からだの均衡を失う。ほんの少し態勢を整えて歩き出す。男とは限らぬが、ひとの独り歩く姿は明け方であろうとなかろうと、雨のち晴れ、いつかは曇りであろうと、初老の酔っぱらいであろうと少女であろうとに関わりなく寂しい。おそらく実体としての身体ではなく、その影が歩いているのだ、と七十有余歳、老耄の闇を歩む男は目で思う。

薄っぺらの一冊の本がある。『臨済録』、岩波文庫。良書ときている。良書に面白い本はない、と断定する気はないが、ほぼそれに近い。取って読め、と啓示の声がするでもないが、手にする。病室では宗教書だって退屈しのぎにはなる。ぺらぺらぱらぱらぱらページをめくる。いまの私には気が重い。手元に推理小説があればとっくに放り投げている。臨済はただ一点、〈のほほんとして在る〉ことを言っているだけである。国家は滅ぶ、いかなる国家も滅ぶ。延命装置の機能不全。かつて国家は死を強要したし、いまもする。これからもする。ならば私は国家の死に無関心であっていい。〈のほほんとして在る〉だけである。

中城湾を見わたす山の中程に聖ルカ病院が静もっている。雨に煙る中世ヨーロッパの修道院のように鎮もっている。遠く外側からの眺めである。右手の雑木に覆われた斜面の一部が崩れ落ち、生傷を剝き出しにしている。内側には内側の現実がある。それは視えない現実である。身体が崩落するとき、魂とはその泡にすぎない。

二〇一〇年五月

宰相論

コップの中の嵐か、テレビの中の嵐か――おそらく後者である――よく分からぬが、ニッポンの宰相の責任・辞任論が沸騰している。内閣支持率が低下する。フテンマ飛行場の県内・県外・国外移設を巡って迷走する。オキナワの怒り・憤懣・屈辱感の火に油を注ぐ。この煮えたぎる感情をマスメディアは――その背後にどのような社会的勢力があるかをいまは問わない――存分に活用する。ハトヤマ、やめろ　辞めろ、のシュプレヒコールである（約半世紀の間、わたしの辞書の中で死んでいた言葉が蘇える）。

私は世間の事は世の人びとに従う、というよりどうでもいいが、それにしてもここまで一致団結してハトヤマ降ろしが策動している有り様を見ると、首を傾けざるを得ない。ちょっと待てよ、いくら猪突猛進型の私とて立ち止まるしかない。

一年前、世論は自民党なんて、と言っていたが、いまや民主党・ハトヤマなんて、と自国の宰相を愚か者・嘘つき・厚顔無恥・詐欺師・政治的無知蒙昧・鈍感呼ばわりして憚らない。自分の頭で考えた上でか、と問われればかなり疑わしい。アメリカ発の、その筋の意図された情報に基づく罵詈雑言である、とまでは言わないが、ややそれに近い。そもそも政治は嘘の体系ではないか、政治家の素質に殺しの、いや騙すテクニックも含まれないか、厚顔無恥は政治家のごくありふれた性格特徴ではないか、と懐疑する。私はわたし自身をハトヤマやその他に引けを取らない、かれら以上に恥知らずで厚かましく鈍感な、いわば空気が読めない、と認知している。読む気もない、と覚悟している。

ハトヤマの放ったブーメランはフテンマ・ヘノコを発しアメリカを経由し――バラク・オバマに掠り傷ひとつ負わせることなく――テニアン・サイパン・徳之島・勝連半島、その他を巡りめぐってヘノコに再着地する。打っちゃりを喰らった、というより予定のコースを辿っただけである。その間、政権内部でいかなる劇が演じられたか、それは悲劇か、喜劇か、足して悲喜劇か、私の知るところではない。例の北欧の哲学者によれば笑劇である。

私はハトヤマとファッション感覚を異にするが、さほど嫌いな政治家ではない。ただし辞儀の、両の手のひらで股間を覆う仕方を除く。友愛にしても偽善の匂い、レトロの感がしないでもないが、非難さるべき政治理念とまでは言えない。いかなる理念も腹の足しにはならない。それを妄信しない限り、ないよりはあるがいい。

ハトヤマはパンドラの箱、それとも乙姫様の玉手箱を開ける、と濛々とした煙のなかに沖縄の現実が浮上する。やがて誰の目にも明確な形姿を伴って沖縄の米・日合意に基づく強いられた現実が視えてくる。ハトヤマは沖縄に張り巡らした国家の網の目を白日の下に晒す。これって、そんなに悪政？

二〇一〇年五月

朝の散歩

私の家の西の方角に名にし負うか、どうかは知らないが、フテンマ飛行場がある。一五〇〇m程の距離で、それでも往復となると、この七十有余歳の、しかも病上がりの体にはややきつい朝の散歩であるが、地ならしというか、体が大地になじむ様にゆるり・ゆっくり歩けばいい。

太陽は東の空にあり、光はすでに不揃いの、密集した家々の窓や二階のテラスに降りそそいでいる、暑い一日になるな、と私は呟かない。ことば、少なくとも音声としての言葉は他者に対して発するものと心得ているが、いつ独り言を言い出すか、保証の限りでない。時どきぶらつく街には訳もわからなく、独りでぶつぶつ、あるいは大声で喚く男やおんながいないでもないが、それも二年前の秋葉原の無差別殺傷事件以来、もはや人びとの耳目をひくほどの不思議な光景ではない。

行きゆけば鉄条網――テレビ語や新聞語によればフェンス――にぶち当たる。あちらとこちらの世界を区切っている。よじ登ろうと思えば出来ぬでもないが、私は曲芸を職業としていないし、鉄条網の向こう側、あちらの世界に用があるのでもない。前には進まない、迂回するだけである。右へ行くか、左へ行くか、斜めに後ずさるか、迷っている。

張り巡らされた鉄線に白い掲示板が懸っている。米・日両語が書いてある。私は喰らうべき、生活の必要からの言語としてアメリカ語を習得していない。日本語を記す。米国海兵隊施設　無断で立入ることはできません　違反者は日本の法律に従って罰せられる　私はふーむ、なるほどね、といかにも納得した顔つきをしているに違いないが、自分の顔がどんな表情をしているか、見えはしない。

私にも老人特有の想像から空想へ、空想から妄想へ、と至る癖がある。思考は出口のない迷路をめぐる。私はのほほんと、気ままに地球の上を歩く。米国海兵隊施設内に紛れこむ、とアメリカの法律ではなく、日本の法律で罰する。ならば私は国内犯なのか、国外犯なのか、そもそも米国海兵隊施設はニッポン政府の管轄下にあるのか、ないのか、よくわからない。ははーん、米・日合意に基づく隔離政策なのだな、と思わぬでもない。

あちら側、手入れの行き届いた芝生が敷き詰められている。ゆるやかな傾斜地にがじゅまる、その他の樹木の濃い緑の塊がある。小鳥が鳴いている。すべては隠され、美化される。米・日合意に基づく暴行・殺人・凌辱。その他ありとあらゆる犯罪の見本市。

こちら側、若い母親の声がする。ママの言うことが聞けないの、学校やめてもいいのよ。家庭は諍いの場でもある、という単純な真理につき当たる。なぜか私には幸せの匂いがする。

どちらがより幸せか、おそらく幸と不幸は釣り合っている。

二〇一〇年六月

六月の、とある日に

六月の、とある日であることは間違いない。いくら私が世事に疎いとしても、新聞などの定期購読者でないにしても、ただし週刊誌の立ち読みを例の外とする。はたまた一昨日、健忘症の、というよりもっと深刻な？　脳検査を受けたばかりではあるが、それでも今日が何の日であるか、オキナワの高校生の歴史クイズ並の知識を持ち合わせていないでもない。ただ理由もなく、この日付を記入することを躊躇っている、いやその気がない。たとえその日時を知ったとしても、この日が何の意義があるのか、ないのか、ただ世間が騒然として静粛にしているだけなのか、分かり様がない。

少なくとも私の姿は糸満市摩文仁の「平和記念公園」、「平和記念資料館」にない。むろん「平和の礎」の前に立ってもいないし、等し並に首を垂れた黙祷の姿勢にもない。母の姿もそこにない。べつにそれらの公共物を「戦争記念館」とか「戦争の礎」とか呼び変えもしないし、そう断定もしないが、ただニッポンの、市民運動出自のなんとかいう、いくらか胡散臭い宰相の演説を聞く気がしないだけである。いや夙に老耄の闇を歩む男にはその体力もありはしない。それに幸か不幸かは知らないが、財力もない。入館料や交通費に支出する家計の余裕がない。さらにその上だが、私はキリストの徒でもなく、聖遺物崇拝や死体愛好症にはほど遠い。むしろそれらをおぞましいと感得する方である。ヨーロッパを旅すると、よく聖遺物やミイラの納まる柩に出会わすが、なんの感興も引き起こしはしない。ただ聖マルコやヨハネ、その他の寺院をあとにするだけである。

　いま小さな鳥居の前に立っている。世界文化遺産のある、貧しくも豊かでもない村のやや小高い場所にたつ慰霊碑を前にしている。意図してやって来たのではない。私は自分でじぶんになんらかの義務や意図、目的や宿題を課すことをしない、不自由に思う。為すもなさぬもこちらの勝手である。私は遊ぶこと、漂うこと、ひたすら怠惰であることを宿命＝天命としてきたにすぎない。自ずから然る、というよりおのずと在る。のほほんと在る。ただ通りすがりに、気まぐれに寄っただけである。おそらく五十有余年ぶりである。

　鳥居をくぐる。と二、三m先に慰霊塔と刻んだ石碑がある。その下に私の計算に間違いがなければだが、一一七人の氏名が記されている。字出身の戦死者である。一段目の最後に父の名を認めるが、格別の感慨はない。父も一一七人のなかの一人にすぎない。それだけである。一九五八年、七月　建立。五十二年前である。

　周囲の雑草や低木の枝は刈り取られ、切り落とされている。枯葉も片付けられている。小型自動車がやってくる。男が花束を下ろす。字の事務所が手配したのであろうか。私は花屋の、無愛想な男に小さく会釈をして立ち去る。

二〇一〇年六月

国立病院で1　何かが起こる

なにかおかしい、私のからだの中で何かが起こっている。それがなんであるか、その本体をつかめぬまま数日を過ごす。とある重大な出来事が起ころうとする予兆であると詩人はいい、地球物理学者は予震であると言い、ある信徒は予言であると言う。医師はまず予診を、そしてありとあらゆる器官の症状を加齢による、と判定する。まあ、当たるも当たらぬも八卦だが、ほぼ確定である。

二週間後、私は掛り付けの病院を経由して、国立病院に入院する。三〇六号室がいつまでかはわからぬが、あまり住み心地が好いとは言えぬ居場所となる。まあ、野ざらしでないだけましである、と軽やかに覚悟する。この期に及んで、当人はなおのほほんとして在る。妻が蒼ざめているか、どうかはわからない。昨年に続く今回、七十有余年の人生——私に人生と呼べるほどの生の充実・躍動・輝きがあったのか、あるのかを別として、その逆もまた含むのだが——のつもり積もった垢を落としなさい。と軽口を叩こうとしない。

相部屋というのか、ベッドが六つあり、小さなテレビが添えられているが、たぶん百円硬貨を入れなければ無用の置物である。テレビ、その他の余りであるテレビがなければ一輪の花を置くのに。それぞれカーテンで仕切られている。先住民が四人、私を含めて五人の同病相哀れむか、同床異夢のつき合いが始まることになる。よろしく、と言えばよろしくと言う。ここまで来てよろしくもあるまい、と思いながらもいう。やはりこちらも世間である。

一応、胸部のX線とCT（コンピュータ断層撮影）検査は済んでいる。入院とは知らず、着替えや洗面具の準備をしていない。妻が帰る。あとはベッドに横になるだけでいい。事実、横になる。仲本医師が来て、私の記憶にもない、わたしの先史時代の結核菌が動き出したか、これまた昔風にいえば肋膜炎かも知れぬが、とにかく胸に水が溜まっている、抜くかという。同意書に署名する。すでに用意は整っている。まず麻酔剤をチクっと刺す。そして背中の後ろから水が抜かれる。プラスチックの洗面器に水が溜まる——これをしも水といえばだが——小尿より濃い濁った液体。七五〇ml位かな、と目で思う。胸腔穿刺。

国立病院は小さな島——本島という——の TSUNAMI の心配のない、それゆえほとんど見棄てられた内陸部、やや小高い場所にある。かつて結核診療所であったらしい。いまその名残があるか、どうかはわからない。私は正体不明の病人であるが、考古学者ではない。その遺跡調査をする気はない。

カーテンの向こうで、酒も飲まないのに、煙草も吸わないのに、と夫にいっている。どうして？神がおれば神を呪うのに。だがいまその神が永眠している。

二〇一一年四月

国立病院で2　夜のペシミズム

夜が明けて目覚めることの安堵。やがて喧噪のなかで昼のオプティミズムがやってくる。検査のある日を除くと毎日が同じである。朝、看護婦がくる——私の言語感覚では婦であって師ではない——おはようという、お早うと応える。どちらが先かは決まっていない。その日の天気や体調・気分次第である。脇にガラス棒を挟む、腕をぐるぐる巻く、手首に手を当てる。女性の手のひらが暖かい、それとも私のからだが冷たいのか、医学上のどんな意味があるか、正確にはわからない。ましてや形而上学的意味をや。

ほぼ正確に八時。食欲のある、なしに関係なく、食べるなら、食いな、とばかりに無表情に——病院の外部委託の弁当屋か食堂か、それとも工場か、まさかリストランテかの従業員も疲れている、生きる張りを失って久しい——その代りかどうか、管理栄養士のカロリーをこれまた寸分の狂いもなく、計算しつくした、病者の権利としてのではなく、義務として出される食事。それでも食事が楽しみ、というやや小康を得た患者もいるにはいる。

長身の医師が来る。どうね、と聞く。どうにか、と返事をする。Ach so という。世界で三番目の短いいつもの対話である。どう転んでもギネス・ブックには載らない。私の声が小さいか、ぶっきら棒に聞こえたか、当の本人にはわからない。帰り際に鼻から管を差しこんで、肺か気管支か胸膜か、要するにからだの内部を覗く検査をするがよいかという。単なる予告なのか、それとも覚悟を迫っているのか、おそらくいずれでもある。ご随意に！　というか、Ach so と今度はこちらが肯くかである。この期に及んでなおのほほんとして在る。富士には月見草が似合ふ、にしても私に散る覚悟の桜が似合うとは思えない。ニッポン魂なんて持ち合わせていない。私のこころ――あるとすればだが――もからだもニッポン的・武士道的潔さにははるかに遠い。おそらく一億光年の距離がある。

医師が去る。と病者にとって最も有効な手段・手立てとして――医学用語で安静というらしい――例の無為がやってくる。ベッドの上に横たわること。誰も強要しないが、至上命令である。ひとは自由である、それは強迫された自由である。ないよりましだが、人間の場合、自由と尊厳との間には関係がない、と認知する。近代は人間の尊厳にとってほとんど価値のない自由を最大の価値とする誤謬を犯してきたし、いまなおその謬見を克服していない、と断定しておく。

斜め向かいで、おもろ町いきたい？　新町行きたい？　食べないと行けないわよ、と娘が父親をからかっているのか、気づかってるのか、いずれでもある声がする。

今日を生きた、のほほんと精いっぱいにとは言うまい。だが明日はどうなるか、健常者にもわからぬ不安。夜のペシミズムがやってくる。

二〇一一年四月

国立病院で3　天使のように

二十時二十八分、私のからだをいきなり寒さが襲う。目覚める。ぶるぶる震える。汗をびっしょりかいている。悪寒というか、寝汗というか、よくわからない。わが頭脳の簡易辞典にはないし、引き出しようもない言葉だ。ままよである。重大な局面に立っている。あれかこれかの決断。いや生か死か、それが問題だ、というほどの岐路ではないが、それでもやはり迷っている。水浸し――ついニ日前、胸膜か肺か、とにかく肋骨に囲まれた個所から水を抜き取ったばかりなのだ――の肌着を脱ぐべきか、脱がざるべきか、というきわめて形而下的問題を抱えている。

意を決する。起き上がる。おそらく私の所作を他所からみれば滑稽である。他人が見ていない時、ひとはどのような思念や仕草をするか。一見の価値はあるが、残念ながら自分で自分を視ようがない。

思い当たる節がないでもない。十四時十五分、三日ぶりにシャワーを浴びる。気分やよし、さっぱりする。レトロ語、しかも女性誌風にいえばルンルンである。廊下に出る。鼻歌でも歌うか、それとも口笛でも吹くか、その場合、モーツアルトのオペラ、そう、女はみんなそうしたものだ、がいいいな。と勝手に思う。いまならどんな女性でも口説ける気がする。美人であろうとなかろうと、老女であろうと、十代の小娘――いや失礼、少女とおんなの境にある女性――であろうと、人妻であれ、おひとりさま——おそらく女性エリートの造語であるが、私の言語感覚にはそぐわない——であれ、女性と名のつくものすべてを口説きはしないが、そんな気だけはする。ひとは、それとも私だけか、自分の身体を清潔にするだけで、ありとあらゆる自信に溢れるものなのだ。

精神の高揚、もしくは舞い上がり、それとも血の騒ぎすぎか？　いや年寄りの冷水である。その逆効果たるやてきめんで、咳・悪寒・発汗・嘔吐として現れる。たちまち身体に影響するのである。どこか河馬の国の河馬の政治家が、原子力発電所から放出・垂れ流される放射線物質を健康に影響しない、と繰り返し言う。むろん、直ちにという枕詞がつく。ははーん、政治家とは企業の広報係、それとも宣伝相なんだな、とまでは言わない。あれ、つい言ってしまったか。

眠りたい、眠らねば、眠れない。（欲求——必要——事実）の間になんらかの必然があるのか、むしろ混乱がある。内部は混沌、激しくのたうち回っている。外部は静寂、何が起ころうと、起こらなかろうと不動の姿勢で鎮まっている。からだは思考するが、事物は自らを問わないであろう。内部と外部が裂けている、乖離している。近代人の宿運である。

このような夜、この青い球形の平地にメフィストフェレスが天使のように降り立つか、それとも天使が足音を忍ばせて近づいて来るか、私にはわからない。

二〇一一年四月

ビン・ラディンって誰?

人生の、といえば大仰すぎるなら、いい直してもいいが、日常の、とある局面では、どんな厳粛な事実を前にしてもつい笑ってしまうことがある。例のビン・ラディンを殺害——マスメディアはこの言葉を平気で使う——した、という大見出しの、得意満面とした報道に接して、私はべつに驚きはしないがぷっと吹き出すのを禁じ得ない。

そもそもビン・ラディンっているのか、そんな男って掃いて捨てるほどいる、とも言えよう。ならばどのビン・ラディンか? とある偏執狂的な専門家がビン・ラディンなる人物の生年、出生地、学歴、職業、身体的特徴などを調べた結果、四十九人までは数えたらしい。でテロリストの指導者、それとも頭目とされる男はそのうちの誰なの? 加算法でいくと、そのすべてである。消去法でいくと、そして誰もいなくなった。

私はアラビア語を文字としても音声としても知らない。だからその筋の専門家の知識や見解に聞くしかないのだが、それにしてもビン・ラディンなどと表記する様では心もとないな、と思わざるを得ない。七十有余歳、老耄の闇を歩む男が推測するにビンはイブンの地方語で、息子や子孫を意味するであろう。ウサマもサが長音、ラディンのラもやはり長音になる、と思われる。ウサーマ・イブン・ラーディン。いやひょっとしてもっと長い名前である。ウサーマ・イブン・ムハマド・イブン・ラーディン。これって固有名詞？　ムハマドの子孫で、ラーディン家のウサーマとでも訳すのか、それほどの誤訳ではないと思うが、まったくのピント外れかも知れない。

アメリカ合衆国大統領バラク・フセイン・オバマはどのイブン・ラーディンかは知らないが、とある男の虐殺・惨殺を命じ、そしてそのジェロニモ作戦を実行・成功させたという。その第一声が「正義が行われた」である、いや「やつを仕留めた」である、という。人間に対する言葉であるのか、どうかはわからぬが、まるで狩猟用語である。バラク・フセイン・オバマはかくまで無神経な言葉を使って平然としている。ここで私はアメリカ語を知らないので。Wir haben ihn とドイツ語で記すが、それが「やつを仕留めた」と訳するのが適切かどうかは問われてもいいし、どこかで聞いた言葉である、と思い出してもいい。たしかイラクのサダーム・フセインを拘束した際にも使われている、その鸚鵡返しである。いわば人間狩りの常套語。それとも河馬のひとつ憶え。

別に私はオバマやマスメディアが彼のミドルネームを特に秘し、あるいは消し去ろうと構いはしない。フセインの、従って国家的規模での殺人者の遺伝子がある、という気もないが、コードネームのジェロニモとはアパッチ族最後の酋長、一九〇九年死亡。と記銘するだけである。

いま世界は耿々たる光のなかで闇に閉ざされているか、同じことだが暗闇の中で一瞬の光に目眩めいているか、である。

死体が転がっている。無造作に床の上に放り投げられて。死体は何も語らない。同時にすべてを、かれが視た最後の惨劇を裸形のままに語っている。男である、アジアの。黒い髪、黒くて太い眉。

右の眼をみひらいている、というか白目を剥き出しにしているが、いまは何も映してはいない。両手は上に向けられている。そう、例の演劇での下手くそな、ばんぢゃーいの姿勢である、と言えば沖縄の人にはわかるか。他府県の人と違って天皇陛下の前でも直立不動になり様がない。どこか筋肉の動き・関節の働き・喉の震えが違う、としか言い様がない。それともこの変にぎこちない、ばんぢゃーいの姿勢は投降の意志表示であるかは分からない。

広い、分厚い胸を覆う白い衣服には血が滲んでいる。私は精神科の医師ではないので、この血の広がる模様が何に見えるか、蝶に、蛇に、花に、とある半島の、そこからさらに突き出した小さな半島の、さらに小さな岬に視えるか、などと自由連想のロールシャッハ・テストをしようとは思わない。写真の下にアメリカ語では書かないが、Wir könen Geronimo sehen と書いてある。私はいまドイツの週刊誌を目の前にしているからである。

私はビン・ラディンなる男を見ていない、直に言葉も交わしていない。とすればその実在性も不在性も断定し様がない。ただテレビや新聞のたれ流す情報の千分の一程度を信ずればだが、サウジ・アラビアの大富豪の息子である、という。それにしてもジョージ・ブッシュの帝国に挑戦した男の住居もしくは隠れ家は三階建て、築三十年にはなる、いずれアジアの風雨に晒されて朽ち果てる粗末な建物である。そこを兵士十二人乗りのヘリコプター（ブラック・ホークでアメリカ陸軍キャンプ座間に配置されている。原子力潜水艦の寄港地、天願上空にも飛来する）二機で襲撃する。約四十分でビン・ラディンはむろん、そこに居合わせた女性や上記の男性が殺される。ほとんど一瞬の早業である。ビン・ラディンって俺のことか、とウサーマ・イブン・ムハマド・イブン・ラーディンが駄洒落を言ったか、どうかは私の知る所ではない。自由民権の板垣退助が暴漢に襲われて、板垣死すとも自由は死せず、と言い、岸信介が暴漢に大腿部を刺されて、やつを捕まえろ！　と叫んだらしいが、なーにいずれもウッ・うーんと呻いて屈みこんだだけである。

バラク・フセイン・オバマ——アフリカ系アメリカ人？——の命令通り、どのウサーマ・イブン・ラーディンかは知らないが、男の頭と胸に銃弾を撃ち込む、そしてホワイト・ハウスでやつを仕留めた、と宣言し祝杯をあげたか、どうかは分からぬが、あるいは週刊誌「デル・シュピーゲル」の伝える大量殺人の終わりであるか、どうかも別として一応、人間狩りの物語は完結する。

遺体はアラブの習俗に従って水葬にした、という。帝国海軍の儀式そのままではないか、アラブにそんな習俗があったとは寡聞にして知らない。アメリカ発の新しい、珍妙なアラブ学かも知れない、と老耄の闇を歩む男は首をひねっている。

水深三千ｍのアラビア海に男が沈んでいる、という伝説。

二〇一一年五月

デラシネの宿運

一九三八年、この年、何があったか、なかったか掘り起こしてもいい。ベルリン・オリンピックの記録映画、レニ・リーフェンシュタールがナチスのプロパガンダとして悪名高い、同時に優れて芸術的な作品「民族の祭典」及び「美の祭典」を監督・制作した年でもある。政治はつねに美の製作者を利用する。そして建築であれ、絵画、文学であれ、美の創造者はこの政治の罠を免れ得ない。政治が醜悪であればあるほど、美そのものを必要とする。

日本民芸館の柳宗悦が沖縄を訪れている。沖縄の生活者の美を見いだした、美の採取者、美の発掘者とでもいえよう。いずれの場合もまだ生まれていない。レニも柳も不在の美である。

仲程昌徳の聞き取りがある。「昭和十三年以後に、南洋にきた者たちは、流れ者」「本当に働く気があってきたのか、疑わしい連中」という、あからさまな、それゆえ正直な証言である。なるほど、そうだったのか、分からぬでもない。沖縄の北の、山原と呼ばれる土地の貧乏農家の出自。結婚したての若者夫婦を見る世間の眼であった。地上の楽園もまた世間であることに変りはない。新参者に対する偏見と蔑視。やむをえぬと言えばやむを得ぬ。この年の末、私はサイパンのガラパン町に生まれる。

たしかに私の村の出身で、牛を盗んで監獄入りする泥棒というか、猛者というか、勇者もいるには居た。それがどうしたというものだ。ひとは食わねばならぬ、生きねばならぬ。何をしてもいい。殺人と暴力、脅迫を例の外とする。緊急避難の権利と呼ぶ。小学校の頃、へぇー、この村にもすごい男がいたものだ、妙に感心したことがある。さすがに「少年倶楽部」の読者である。臨場感あふれる冒険物語であった。

両親が疑わしい者であったか、どうかを知らない。なにしろ未生もしくはゼロ歳の時である。ただ、私が流れ者であることは間違いない。いくらか気どって「デラシネ」と呼んでいた。青年特有の精神のダンディズムからである。根がない、足をおろす大地がないという感覚。ときに深夜の街を漂いつつ「帰りたい」「帰れない」とハミングしないでもないが、そもそも植民地生まれの私に帰るべき故郷はない。土地に馴染めず、ただ、異郷を浮遊しているだけだ。

ここは何処？　どこでもない処なの。私にとって異郷こそ故郷であり、故郷こそ異郷である。永遠の家出人？　そもそも家がない。いま老人のふらつく足を辛うじて踏ん張って立っている場所、それが地球という——まだ数えてはいないが——何億かの星の中の一つであることはほぼまちがいない。地球という実体が存在するのか、それさえ怪しい。とすれば「ほぼ」としか言えない。ぼかしの手法である。

二〇一四年

地上の楽園？

毎年五月、北マリアナ連邦を訪れる一団がある。墓参団である。現地（サイパン・テニアン）慰霊祭は45回を数える。非戦闘員、島の人、朝鮮半島からの人びとを巻き込んだ地上戦から70年になる。母の生前、何回か参加している。いくらかの異和感、ちょっと違うな、と思いつつ。

南洋はすばらしかった。地上の楽園であった、と懐古する人たちがいる。じつはこれらの言葉を聞くと、腸の煮えくる思いがする。ことに現地慰霊祭で不用意に、しかも定型的に発せられる時、ほとんど憤怒に近い感情をもつ。だが、黙っている。分からぬでもない。

むしろ、よく分かるのである。親の世代は沖縄の貧困、疲弊。第一次大戦後の長期不況、蘇鉄地獄を幼児体験として持っている。そこへ神のお告げか国家の声が降ってくる。新天地がある、という。草木はなびかないが、ひとは靡く。南洋へ、満州へ。体のいい屯田兵もしくは防人であるが、それでも夢ではある。男のロマン？　いや、女にだってロマンスはある。夢見る少女や恋する乙女とか。ただ、夢は必ず敗れるものだ。

帝国の罠にはまったのだ、という声もある。どこかの社歌の讃美する、赤道直下の輝く理想郷ではないが、貧しい村からの出口ではあった。ユートピアへ逃げたからとて責められる理由もない。

「南洋小唄」という歌がある。作詞・作曲、比嘉良順。たしか、恋しい故郷の親や兄弟と別れて、憧れの南洋に渡って来たが……に始まる。

二、寝て覚て朝夕　胸内ぬ思やョ
　男身ぬ手本　なさんびけぃョ

三、変わるなよ無蔵ん　幾里ひじゃみてんョ
　文ぬ通わしど　無蔵が情ョ

四、明きて初春ぬ　花咲ちゅる頃によ
　錦重にやい　誇て戻らよ

で終わる。その後の比嘉の行末を知らない。

他の、ことに沖縄の民謡と同じく哀切なひびきをもっている。他府県の人には聞くに堪えない。国際通りに溢れる修学旅行生には三線を調弦する音がどろん、どろんと聞こえるように。いくらかの偏見やさほど罪のない差別意識を交えつつ異様に響くはずだ。

錦を飾ったか、どうか分からない。人それぞれに物語があり、多く未生以前のことでもある。サイパンの市街地、ガラパンの地図がある。百貨店、ホテル、薬局、カフェ、肉屋、靴屋、映画館、料亭、はては津嘉山そば屋まである。地上の楽園である。天国はあるか、ないか分からぬ、ならばいま現に在る享楽に浸ってもいいのである。

二〇一四年

サイパンの生活

両親はサイパンの一番高い山、タポチョの、その手前の小高い山に自分の土地を持っていた。ガラパンの市街地を見下ろす、その向こうにフィリピン海が広がっている。一応、自活できる土地を自分のものとしていた。野菜やタピオカを栽培し、それを市場に出す、といったありふれた日常。たしかに農業労働者として、砂糖農園の小作人としてこき使われたのではないが、街の人たちに比べて特に恵まれた生活をしていたのでもない。みずから耕し、おのずから食える、という程度の生活。

近くにコーヒー園があったらしい。後年、母は「あのコーヒー園、どうなったかね」と悔しいとも懐かしいともつかぬ表情で言っていたが、私の記憶にはない。サイパンの気候と土壌、地形がコーヒーの木を勝手に育てたのであって、自生のものと見ていたのである。自然もまた手を加える、人工をなくして成り立たない、いわばひとつの制作・芸術品であるのだが。

母は晩年に至るまでコーヒーを、しかも砂糖をたっぷり入れて飲んでいたし、私もまた学生の頃の小さなサークルを除いていかなる党・派や組織にも所属していないが、後期高齢者、老耄の闇を歩みつつ依然として珈琲党である。しいて言えばたった一人のペリパトス（逍遥）学派である。

隣の家、二〜三百m離れて朝鮮半島からの家族が住んでいた。純血日本人が一等国民で沖縄や朝鮮からの人は二等国民で、現地の人たちが三等国民か等外ということになる。同じ二等国民でどちらが上か下かの等級争いをしたってしようがない。街ではどうか知らないが、隣近所で、しかも農民同士、さほどの差別意識、というか違和感はなかったと思われる。
　昭和の、歪な帝国日本はいまや世界に冠たる、一等国民とか言い出したのである。アジアの盟主を気どっているが、実体はアジアの、ことに中国の文化的植民地、とまでは言わぬが、少なくとも多くの恩恵を受けている。漢字はもとよりだが、近代ニッポンもまたそうである。明治・大正・昭和・平成。これらの年号はいずれも中国古典に根拠を持っている。おそらく次の年号もである。歌あり、引く。

純血のやまと人より美しき肌をしておりチャモロの人は

　前方、やや斜めの方角に山原出身の家族も住んでいた。後年、母が「宮城の信ちゃん、覚えているね」というが、知らない、と答えている。私は何を封印したのか、記憶をか。幼いころの遊び友達と言えば朝鮮半島出身の女の子と宮城の信ちゃん兄弟ぐらいであったはずなのに。それにしても記憶を消す消しゴムはあるか。宮城の信ちゃんは右手首を失っている。その後の行末を記さない。

二〇一四年

子供の情景

一九四四年。サイパン。ススペの収容所。学齢期に達するか、達しないかの子供たちが、そう、腕を垂直に上げたり、水平に伸ばしたり、最後を深呼吸でしめる例のラジオ体操をしている。整然と並んで爽やかな曇りのない表情をしている。その中に私がいるか、どうか分からない。子供たちにとって戦争に負けるということは恩寵であった。大人たちは民主主義をもらったが、子供たちはチョコレートを貰った。昨日の鬼畜米英からである。この贈り物の代償は苛烈をきわめるが、まだ気づかない。

一九四五年六月。ドイツ南西部フライブルク。「さよなら、アドルフ」からようやく一カ月、無条件降伏から一カ月も経っていない。まだ少女の面影を残す女性が五〜六歳位の子供たちと輪になって遊戯をしている。そこには紛れもなく、純粋な幸福感が在る。女性の立ち上がりは早い。背景に肉を削ぎ落とされた肋骨、無差別の空爆に晒された教会の残骸が聳えている。現代芸術のオブジェ？　さらにその背景に青い空が広がっている。白黒写真なので断定しない。

例の残骸は聖マルティン教会である。戦後、再建され、その前の広場では朝市が開かれる。近隣の農家が野菜や果物を商っている。近くの小さなインド料理の食材を扱う店には苦瓜、カタカナ語でゴーヤーだってある。

やはり一九四五～四六年。本島中部。一枚の写真。やはり子供たちとお手々つないで遊んでいる若い女性が写っている。天上には花がないから天使は地上に降りた。誰の詩であったか、どこの国の古歌集であったか、今は忘れた。伸びやかな、潑剌とした自由がある。背景に藁葺き小屋。さらにその背景に完璧に晴れ渡った空がある。青春、どこから降ってくるかわからぬが、恩寵である。一枚の写真、じつは私の北山高校時代の先生である。音楽の先生であった。知る人は知っている。

各地それぞれの場所でまだ少女とも大人ともつかぬ女性が幼い子供たちを相手にして遊戯や音楽を教えているが、その記録はあまりない。歴史の空白。そのままそっとしておけばいい。この空白にこそ一人一人の喜びや怒り、悲しみや楽しみがいっぱい詰まっているはずだ。私はこの空白を仮に「聖の領域」と呼んでいる。だが、この空白はいずれ埋められる。ただ、それは惨憺たる結果に終わる。個人との交換、もしくは侵入不可能の内的体験が社会全体の外的共有物——みんなの物——になってしまう。体験の社会主義化、これって進化？

戦場の惨劇の記憶や証言、伝承より敗戦直後のひめゆりや白梅、鈴蘭、瑞泉学徒隊の若い女性たちの教育に果たした役割が大きい。そこには光があった、解放があった、国家の仕組んだ災厄からの。

二〇一四年

引揚げ船の上で

一九四六年二月、サイパンから引きあげる。帰国ではない、国家は亡んでいる。帰郷でも帰沖でもない、なにしろ私は沖縄生まれではない。ならばどこから何処へ引きあげたのか。「さまよえるオランダ人」ではないが、所属する場所がない。ただ、世界の中に放り投げられて在るだけだ。寄る辺がない。

出発から中城村久場崎（インヌミヤ）に着くまでの途上、太平洋を北上しつつ日本の船に出会う。船は遠くから見ると美しい。それに夢も載せている。近くから見れば単なる物体にすぎない。側面に錆も付いている。まだ、国旗というか、日の丸もそのまま残っていた。双方の甲板から両手をあげて万歳を叫び合っていた。大人がやることは子供もする。私も叫んだかどうか記憶にない。七歳、すでに子供の天真爛漫さを失っていた。私は「父なし子」であった。極度の人見知り、恥ずかしがり屋、今風に言えば離人症、それともアスペルガー症候群。七歳にして精神を病む、trauma というのかしら。これってほとんど奇跡に近い。音楽には不協和音がある。この音程なくして音楽は成り立たない。

沖縄の人がばんぢゃーい！　を斉唱する場合、お互いに生き残ったことを喜び合ったのであって、神州不滅を祝福したのではない。なにしろ戦争をくぐり抜け、収容所生活も一年半を経過している、いまさら神国ニッポンでもあるまい。ニッポンの神々は連合国の「鉄板の上で焼かれて死んだのよ」と鼻歌が聞こえぬでもない。

ブラジルの開拓地では情報が届かないまま、まだ日本の勝利を信じた、いわゆる「勝ち組」と「負け組」との間に流血の惨劇があったとも聞く。私は前者をやむを得ない狂信家と呼び、後者を追い詰められた認識家と呼ぶ。閉ざされた地域空間では狂気の人が正義の旗を振る、そして判決を下す。冷静な認識家がその社会の生贄とされる、ということはあり得ることだ。ただ、歴史にはいつも後付けの理由がやってくる。

ススペの収容所、アメリカ語でキャンプ。そこでも事件があった。まだ兵ともいえない若者（実業学校の生徒）が民間人を装って投降・潜入し、非国民狩りをする。ついに夜中に監視の目をくぐって、ブラジル風に言えば負け組派を、戦後風に言えば開明派の指導者をアメリカ軍への内通者として刺殺する。背後に例の大場大尉がいるか、どうか私の知る所ではない。大人のひそひそ話で「カ・サ・イさん」と聞いている。決して呼び捨てではなかった。「あんな奴」というニュアンスを含んでいなかった。たぶん犠牲者である。むろん加害者を英雄視する熱狂がなかったわけではない。いまさら暗殺なんて、という別の声もあったかどうか知らない。ただ、あのひそひそ話にはもっと静かな、張りつめた空気があった、と思う。

二〇一四年

男たちの戦後

男たちにもそれぞれの物語はある。が暗い。アメリカ軍施設から食料品やタバコ、時には銀行強盗でドルの札束をかっぱらってくる。大日本帝国の落し子である。大本営発表の言葉そのままに「戦果をあげる」と言った。ごく普通の人というか、ならず者というか、英雄と呼ぶか、いずれでもある。のちに大学を卒業して沖縄の指導者として活躍した者もいる。とっくに歴史の殿堂に納まっている。悪銭であるかどうか、身につこうが付かなかろうが、金に変りはない。

「艦砲ぬ喰ぇー残《ぬ》くさー」という、悲しみを通り越して自嘲気味な歌がある。作詞作曲・比嘉恒敏。歌・でいご娘。

一、　若さる時ね戦争の世
　　若さる花ん咲ちゆさん
　　家ん元祖ん親兄弟
　　艦砲射撃の的になて
　　着るむん喰ぇむんむるねえらん
　　スーティーチャー喰で暮らちゃんや
　　うんじゅん我んにん　汝ん我んにん艦砲ぬ喰ぇー残くさー

二〜五連を略す。ルビをふらない。イメージのふくらみ、広がりを削ぐからである。どの連もあなたも私も、てめぇーも俺も艦砲の食い残し、と繰り返される。たとえそうであれ、生き残ったことを素直に喜べばいい。Edward Elgar 並に威風堂々と、とまではいかなくとも、まっすぐ前を向いて歩けばいい、罰が当たるでもないし。現世は、世間と言ってもいいが、結構、生き甲斐のあるものだが、どこでどう間違ったのか、それが出来ず、むしろ自暴自棄になっている。その直情さ、その無謀さにおいて特攻隊くずれと渾名された世代である。

小学校低学年の頃、まだ二十歳に達するか、達しないかの男の先生を子供たちは特攻くずれと呼んでいた。子供にとってはわけもなく、教師にとっては理由があってだが、びんたを張る先生であった。やがて学校を去った。その行末を知らない。元ひめゆりの、やはり二十歳前後の先生には生き残ったことの喜びと、これからも無垢な、腕白盛りの子供たちと一緒に歩いていける、という希望があった。女たちに生への歓喜があり、男たちには生への呪詛があった。仮に歴史の窪地と呼ぶ。

一九七三年、比嘉夫妻死亡。アメリカ軍兵士の飲酒運転による。〈フッキ〉一年後のことである。首相はノーベル平和賞受賞の佐藤栄作。安保闘争時の岸信介の弟であり、アベの大叔父である。

二〇一四年

なぜか母物映画

母は月に一度か二度、那覇に行った。中学一～二年の頃である。時代は少し落ち着いていたのか、もう密造酒作りをやめていた。密造酒と言ってもどこかの工場の大量生産のメチル・アルコール混入の泡盛とは違って、きちんとした米から醸造していた。村の人が密告することはなかった。駐在さんも見て見ぬふり、知って知らぬふり、聞いて聞かぬふりをしていた。いわゆる日光東照宮の「三猿」である。まだ村の人たちは寄り添って生きていたのである。

母は行商にしては大きく、卸商にしては小さな仕事を始めた。近隣から米や西瓜を買い集め、それを中型トラックを貸し切って、那覇の街に売りにゆく。おみやげに「少年倶楽部」があった。私の感性、情操、教養の軽い土台を成している。

時には那覇に連れて行くこともあった。甘えん坊であるし、寂しがり屋でもある。仕事が済むと映画を見せてくれた。決まって三益愛子の母物映画である。「母千鳥」「母小船」、何でもかんでも枕言葉に母が付いていた。悲しい物語であった。子役は白鳥みづえといったっけ。のち歌手としてデビューしたはずだが、ここに記さない。なにしろ個人情報保護法に抵触する。死者の権利――知られたくない権利――もある。三益や白鳥のせいで私の涙腺はゆるい、とは言うまい。

たしか私より三歳年上の寺山修司も北国の青森で母物映画を見ている。やはり「少年倶楽部」の読者であった。父はセレベス島で病死、アルコール中毒だという。真偽のほどはわからぬ。母は三沢のベース・キャンプに働く、全国どこにでもある、掃いて捨てるぐらいある、と言っていいほどの父のない家族である。国家はこの程度のことはする。幸いとすべきか、戦災孤児ではなかった。これをしも幸せとすればだが。

口ずさむことがある。それは鼻歌とも口笛ともつかないが、作詞、寺山。歌、カルメン・マキの「時には母のない子のように」である。

時には母のない子のように
だまって海をみつめていたい
時には母のない子のように
ひとりで旅に出てみたい
だけど心はすぐかわる
母のない子になったなら
だれにも愛を話せない

むやみにリフレインの多い歌である。おそらくハミングする私の仕草は滑稽である。他人の無意識の仕草で滑稽でないものがあろうか。

二〇一四年

帝国の言語

はじめに言葉があった。それは帝国の言語であった。神と共にあったか、どうかを知らない。ただ、神国ニッポンと共にあったことはたしかだ。帝都・東京の赤ちゃんと同じく「おぎゃあ」と泣いたか、どうかを私は記憶していない。当たり前だ。私が自らの出生の瞬間を憶えているとすればの話だが、七十代も半ばを過ぎた男の脳内はその生涯にわたる記憶の重量に耐えられないかも知れない。

幼児期。私は普通語、標準語、共通語、中央語、東京語、その他いろいろの呼び方もあろうが、私なりにはTokio語であり、帝国語の、今風に言えば大和口の花ざかりの森に在って、これらの言葉を幼児語としては流暢に話していたはずである。私が母語という場合、語彙は帝国の言語であり、抑揚は両親からの贈り物・今帰仁訛りであるが、まだ言葉に躓くことはなかった。父母の保護のもと、注意深い監視の下で、と言い換えてもいいが、隣近所の男の子や女の子と天真爛漫、自由自在に遊び回っていたはずだ。そこでの言葉はまだ天然のものであった。

ところが一九四六年、サイパンから引きあげて落ち着いた先がいまは世界文化遺産の一つになっている今帰仁城の麓の村であった。小学一年の時である。同時に私はいきなり異様な言葉を聞く。それは方言、地方語、やんばる語、その一つの今帰仁語、その一つの今泊語、今風に言えば沖縄口、であった。私はこれらの言葉の花盛りの森に投げ込まれたのである。子供たちの間で「南洋帰り」の Tokio 語、帝国語が流通しない。私はやんちゃ遊びの出来ない、無口な少年であった。東京語を自らに禁じたのか、それは呪われた言葉であった。言葉に躓く。第一次言語障害期である。

今帰仁語が身に付くには四〜五年を要した。べつに努力するでもなく、自然に自分のものとしていた。言葉と言えばやんばる語以外にないほどであった。私の身体から帝国の言語が完璧に消えた。小学五〜六年から中学、高校を通して——毎日毎日、僕らは鉄板の上で焼かれて、いや違うかな——今帰仁語で過ごした。言葉を自在に操った。仲宗根政善「今帰仁方言辞典」には及ばないが、話し言葉としては十分十全であった。

いきなり大学で再び帝国の言語に出会う。今風に言えば大和口の花盛りの森に迷い込んでしまう。やんばる語が流通する世界ではない。今帰仁語を自らに禁じたのか、それは呪われた言葉であった。私は Tokio 語が発声出来ない、無口な青年であった。第二次言語障害期である。

沖縄で歌を作る人は吃るとまでは言えないが、いくらか言葉に躓くはずだ。別にそのことは歌人にとって不幸なことではない。大地を踏みしめながら、時によろめきながら歩くよりほかにない。

二〇一四年

十八歳の選挙権、子供か大人か

十八歳。通常、高校三年生か卒業したての年齢である。いや、すでに義務教育を終えて労働に就いた者もいる。この若者たちは子供か大人か、議論が分かれる。その筋の専門家か世論に任せばいい。まあ、ありきたりの言葉で言えば「大人と子供の間の子」ということになる。いわば過渡期。わらびーがやゆら、うふちゅがやゆら。

旧聞に属することを「新聞」に投ずるのも妙な話ではある。ここに昨年十二月、沖縄尚学高校一、二年生による県知事選の模擬投票結果の記事がある。投票総数七〇四票のうち、下地が教育・福祉対策が評価され、過半数を獲得して当選。次点は仲井真、三位が翁長、四位が喜納と続く。むろん実際の選挙は下地の二分の一にも満たないが、「オール沖縄」の翁長の圧勝となったことは周知の通りである。

私の知る限りではあるが、この記事に反応を示した人はいない。誰の言葉であったか、神々は細部に宿る。高校生の感覚と世間の良識、民意というらしいが、この落差をどう見るか、人それぞれの見方があろうが、それはそれでいい。ただ、私が候補者四人の順位を付けるとすれば高校生と同じになる。私は大人とかの判断力を買いかぶりも、高校生のそれを軽んじもしない。まだ子供ではないか、という世間の声に少し首を傾げるだけである。

ただ、この模擬投票が那覇青年会議所と共催なのが気にはなる。その上でなお私の評価は変わらない。私は中学生にはまだ早いにしても高校生、しかも最上級程度の年齢になれば投票権を与えてもいいと思う。社会への入り口としての訓練にはなる。まあ、わずかではあれ、思考することの契機にはなる。あとは自分の頭で考えればいい。なーに付和雷同というか、右へ倣え！　というか、それとも一億玉砕というか、一億総白痴化というか、よく大人が使っている手もあるにはある。だが、そう、問屋がおろすか、どうかは知らない。

二十歳成人説。単に区切りがいいだけ、べつに深い理由があるとも思えない。それにしても「俺たちに投票権を！」と若者たちが声を上げたのでもない。当の二四〇万の新有権者たちはくれるならもらう、くれないならもらわない、という程度の気持ちかも知れない。それはそれでいい、来年の参院選に投票権を行使するか、どうかも自分で決めればいい。いずれにせよ、考えるきっかけにはなるはずだ。

今、国会で集団的自衛権の行使を含む安全保障関連法案が審議されている。法案が審議される場合、それらはすでに、いや、とっくに実施に移されている。ここ百年の歴史から学びとった私の時代認識である。国民の声、世論は後追いをしているにすぎない。いわば私たちは右をむいても左を向いてもまっ暗闇、絶望の淵に立っている。さて……。

考える、自分の頭で。立ち止まる、いまここで。ここから歩みはじめる。

二〇一五年六月

シリア難民――いかにして生みだされるか

テレビはここ連日連夜、シリアから流失する、同じことだが、トルコやギリシャ、ハンガリー、オーストリアを経由してドイツやスウェーデン、フランスやイギリスへ、いわばヨーロッパへ流入する難民たちのことを報じている。

シリア。北はトルコに、東はイラク、南はヨルダン、サウジアラビアに、西はレバノンに接している、さらに地中海に面している。囲い込まれている、というか周辺に開かれている。事実、シリアはつい近年まで東西交通の要衝であり、西アジアの十字路であった。商取引や観光業で賑わう地域でもあった、といまは過去形で言う。ただ、西アジアの中で学校教育の高度に普及した国でもある、と現在形で言う。その上、極東の付和雷同型の多いニッポン人と違って自立心の強い人々である。私は今さら高校の地理や歴史の勉強を始めたのであろうか。老人にとっての教科書はテレビや新聞、週刊誌である。むろん日本のマスメディアのたれ流す情報の八割は嘘で固められているが、あとの二割の事実を読み取ればいい。それしか知る手掛かりはない。ニッポンには報道の自由、あるいは報道しない自由はある。押しつけられた知る権利はあるが、自発的な知る権利はないに等しい。なにしろ編集権は新聞社、テレビ局、出版社にはあるが、現に生活する多くの者の現場にはない。生活者には生活上の余裕がない、というのが日本の現実だ。それでも私の場合、ドイツの週刊誌「der Spiegel」がわずかに情報を得る手掛かりになる。「Newsweek」でもいい。ただ、残念でも何でもないが、アメリカ語が読めない。それで生活上、支障をきたしたこともない。

私は数十年、シリアの若者と会っている。時・一九八四年八月。場所・スタディズ・ミュニック。ミュンヘンの語学学校と思えばいい。私は其処で約三週間、ドイツ語の授業を受けている。受講生四十人ほどの中にシリアからの若者二人がいた。兄弟である。兄は三十代か、ずっしりした体躯。おそらく良質の労働力、それとも小規模ながら自立した経営者である。弟は十代後半か、高校卒業程度か。茶目っ気のある、誰とでも気さくに話す若者であった。まず、兄の方が移民としてやって来て、一応の生活の基盤を築いたのち、弟を呼び寄せたのであろう。そのような人々をGastarbeiterと呼んだ。この言葉に排他的意味が込められているか、どうかはその言葉が発せられる状況による。ドイツ経済の重要な担い手であったことは間違いない。これからも、である。なにしろドイツも例に漏れず、労働力の、カール・マルクス風に言えばだが、自由な賃金奴隷の不足に悩んでいる。しかも新しいGastarbeiterは高度の知識と技術を持ち、即戦力も備えている。

シリアからの、正確には把握しようもない数知れない人々が西ヨーロッパを、ことにドイツを目指している。おお、希望の国Deutschland！ We love you mother Merkel。それともDas ist meine Mutterというわけだ。そこに至るまでの人びとの映像が流される、いや垂れ流しされている。（註記）私はAngela Merkelの国を第四帝国と呼んでいる。ここで歴史教科書をおさらいすれば神聖ローマ帝国（erstes Reich）―ドイツ帝国（zweites Reich）―ナチス帝国（drittes Reich）―メルケル帝国（viertes Reich）

となる。

メルケルはドイツへ流入する難民＝移民をEU諸国へ送りこむ、いわば物品並に分配する。むろん各国首脳への要請という形をとる。しかし、いまやドイツはヨーロッパで圧倒的な力を持っている。フランス、イギリス、他の国もこの人道的要請＝強要を受け入れざるを得ない。まあ、それでいいのである。なにしろ私は政治家ではない。結果責任を負う立場にない。ただ、政治家が結果責任を負った例もない。ヨーロッパに変化――混乱・混迷・混沌――が生じつつある。難民を分配された国々にメルケルの第四帝国のEU支配への反旗が翻る。おそらく難民＝移民を排斥する運動として。少なからずイギリス国民にはかつての、時代遅れのだが、大英帝国の誇りがある。その自尊心とかが、いま流行の Identität 論と結びついてメルケル帝国から距離を置く国民世論なるものが形成されるかも知れない。その行く先は知らぬ。EUの弱体から解体へとなるか、私は予想屋ではない。ただ、メルケルが自己の資金をEUの圏外へ移していることは確かである。すでに自らの退陣後の布石を打っている。各国首脳もまたそうしている。Ein gutes Ende とはいかないと知悉している。

シリアが一九七〇年、Hafiz Asad の軍事クーデター以来、独裁国家であることは事実である。独裁国家の場合、権力と利権は通常、その息子に継承される。Bascharal Asad、いわゆる二代目である。三代目で食いつぶすかどうか、それとも地方の当事者・自由と民主主義を旗印とした Freie Syrische Armee の正体が何であるか、アメリカの軍事顧問団がついているか、どうか私の関知するところではない。

一昨年来、テレビはIslamischer Staat（IS）の残虐行為の映像を繰り返しこれでもかとばかりに流している。だが、アラブ世界の混乱を作為的に作り出したのはいかなる勢力なのか、その筋の、テレビ局にわか作りの専門家は口に物の挟まった言い方しかしない。いや、自由と民主主義の国、同時に戦争国家・アメリカだとは言えないのである。大手メディアは抑えられている。元大統領ブッシュこそがイスラム国の生みの親であり、現大統領オバマや未来の——むろん来年の話をすれば鬼だけが笑うのではないが——元国務長官、現大統領候補ヒラリー・クリントンがイスラム国の育ての親である。独裁政権と自由シリア軍の権力争いの間隙を縫ってイスラム国が勢力を拡大してきたことは視やすい事実である。とすればオバマはシリアからの難民を生みだした張本人である。

職業の選択を誤った政治家がいる。Barack Obamaである。もちろん、他の職業、たとえばバスケット選手とかを選択していたとすればノーベル平和賞を受賞しなかったであろうが、その代り、国家機関を使っての大量殺人を犯さないで済んだ。私はオバマの生い立ちまで詮索しないし、その余裕もないが、彼には政治家にならないという選択肢があったはずである。とはいえ、この世界最強の権力者にして傭兵隊長の合衆国大統領とてグローバルな軍事＝防衛＝平和産業の囲いの中にある。いわば虜囚。Armer Präsident！

二〇一五年

もしも東京都民なら

朝八時、テレビの前に座る。別にテレビは老人の必需品だ、という信仰を持っているわけでもないが、それでもやはりテレビを前にする。食事の時間だからである。見ながら食べる、食べながら見る。定型的ながら族である。ただ、歩きながら考えるタイプではない。ましてやスマホ族、進化してポケモンＧＯ族なんて。

ここ二、三週間、どの民放局も都知事立候補者を追いかけている。局独自の取材をしたか、どうか知らぬが、どっちもこっちも似たり寄ったりの映像であり、演説内容である。よくもまあ厭きもしないで、と思わぬでもないが、結構面白いのである。少なくとも毎日毎日、鉄板の上で焼かれて、いやテレビの画面で演じられるお笑い番組は笑えないが、候補者たちの立ち居振る舞いや弁舌は笑えるのである。大道芸人並におかしい。

私には投票権がない、いわば対岸の火事にすぎないが、それにしても南は沖縄から北は北海道までこの見せ物を堪能している人は結構いるに違いない。その中の何万分の一かの私がよそごとながら仮に一票を投じるとすれば、その選択の基準をどこに置くか。少なくとも政策に、ではないことは確かである。なにしろ六十数年前、少年の頃、公約は破るためにある、と聞いている。

基準1　先着順であること。わが家の冷蔵庫にうまい物が一つあるとする。先に見つけた者に優先権がある。元防衛相。イナグヤイクサヌサチバイ、という。ジャンヌ・ダルクや自由の女神がそうである。現防衛相も女性である。

基準2　後出しジャンケンは卑怯であること。ことに男の場合、その風上にもおけない。政治は勝てばいいが、その見込みもない。世間をさわがせたか、それとも世間が勝手に騒いだのか、ようわからぬが、女の風上にもおけない政治家がやがて知事の座に就く。

基準3　清音であること。ここでは姓名に限定する。と女性候補が清音、コイケ。男性候補者二人が濁音、トリゴシ、マスダ。そう言えば前知事も濁音であった、マスゾエ。政治家は清濁併せ飲んでもいいが、選挙用ポスターには濁点の゛がない。

基準4　東京オリンピックにNonであること。大都市東京には四年後にオリンピックを開催するだけの体力はない、と断定する候補者はいない。やはり利権が動く、欲しい。オリンピックなんていらない、とは言えない。新しい知事も別の利権集団の虜となる。

するとと女性候補のお尻を男性候補二人が追う構図になる。元山形県知事を首都の知事にするには江戸っ子の矜持が許さない。私には借金がない、と胸を張った候補者がいた、金銭がらみの前知事の辞任劇の直後だ。身の潔白をアッピールした心算であろうが、東京っ子からすれば、借金があろうが、なかろうがお前の勝手だ、俺の知った事ではない。

投票まであと一週間。基準1、2、3により私なりの順位は決まった。ただし私は架空の投票権を放棄する。

二〇一六年七月二十五日

ある女性画家の生涯

昨年、九月二十二日朝、米国在住の女性画家が亡くなった、という。享年八十八歳。私より十歳年長である。べつにその人を直接に、或いは間接に知っているわけでも、ましてや言葉を交わしたわけでもない、いわば赤の他人。ただ、そうとも思えない節がある。むしろ身近な女性であったかも知れないのだ。

正子・ロビンズ・サマーズ絵画展（十月二十五〜三十一日）。旧姓新城。今帰仁村出身。私が新聞から知り得る手掛かりはそれだけであった。どこの集落なのか、いわゆる字名を知らない。生年月日も知らない、一九二八年前後の生まれと推測するしかない。

正子。昭和前期の女性のごくありふれた名前である。私の妹も正子、同姓同名である。一九四四年八月、サイパンで亡くなった。生後八カ月。「平和の礎」には刻銘されていない。国家よ、触るな！　母の無意識的意志による。

ロビンズ・サマーズ。結婚記念の写真を見る、と顔かたちの整った兵士である。唇には気づくか、気づかぬ程度に微笑を浮かべている。現代ニッポンの、口紅を真っ赤に塗りたくったイケメン至上主義者（IKEMENIST）より美男におはす。結婚——渡米——離婚。世間的にはどうであれ、決して不幸の連続とのみは言えない。いま生きている土地、そこは喜びの場所でもある。

今帰仁村。いまは世界文化遺産の一つ、今帰仁城の麓の村、今泊。遠い南の島から着のみ着のまま流れ着いた私たち母子を拾った村。母には帰るべき故郷であったが、私には見も知らぬ村であった。私は島崎藤村の「椰子の実」のように、柳田国男の「海上の道」を辿って流れ寄ったのだ。そこで育った、幼少期を過ごした、愛憎半ばする「私の村」である。藤村詩を含む鮫島有美子の「日本のうた」は今もなお私の愛聴版である。

旧姓新城。ルビを振ってないのでアラシロなのか、シンジョウなのか、分からぬ。それともニイシロ？　時たまミーグシクと言ったりする。まさか。隠れ切支丹でも、隠れウチナンチュでもあるまいし、いくらなんでもである。私は例の音楽家・新垣隆の、さらにその父祖の事を言っているのか。そうだ。シンガキでもアラカキでもない、ニイガキと読む。朝鮮半島の人には創氏改名の強要があった。金子や張本の姓はその名残かも知れない。沖縄の人の場合、ニッポンの差別社会で生きる、生きざるを得ない者の智恵であった。いずれの場合にも大日本帝国の尊大さ、愚かさ、空威張りが透けて見えるだけである。

ここ数日、日本コロンビア一〇〇周年記念、佐村河内守 SYMPHONY No.1 〝HIROSHIMA〟を聴いている。ゴースト・ライター騒ぎで発売中止になっているが、古本屋からは入手可能である。

TAKASHI NIIGAKI 一九七〇年、東京に生まれる。二〇一四年二月、佐村河内守のゴースト・ライターであったと告白、世間の非難に晒される。日本の音楽業界が見捨てた、テレビ業界が葬った才能を外国のレーベル、DECCA が拾い上げた、と言えば言い過ぎになるか。今回、実名で新垣

隆 指揮・ピアノ。「交響曲〈連祷〉〈ピアノ協奏曲 新生〉東京室内管弦楽団 二〇一六年録音」が発売され、早速手に入れた。

新城姓、それは他の集落より今泊に多い。幼少年期までは一門の集まりがあった。あまりに長く村を離れ過ぎて、「むんちゅう屋」がどの場所にあったか、知らない。

一枚の水彩画の前に立っている。大小二つの、まるで親子のように隆起珊瑚礁の岩があり、たしか名前も付けられていたが、いまは忘れた。大きな岩礁には木が生えており、海鳥が卵を産み、雛に孵すのを忘れて行方不明になったりしていた。岩石を波が洗う、と白い飛沫があがって、勢いよく散る。そして周囲の淡い緑色の波の中に消えてゆく。何ごともないかのように何十年、何百年も繰り返しているうちに削るに削られて、この形になったのであろう。まあ、いずれ海中に没する。母もこのような風景の中で歩き、立ち止まり、息を吸い、時には打ち寄せる波と戯れ、そして没した。九十四歳であった。

その向こうやや左におそらく備瀬の岬が突き出ている。さらにその彼方に伊江島（たっちゅー）が見える。夕陽が沈んで、その残光が輝いている。あと一枚には伊平屋、伊是名が遠望出来る。少年の頃、私は今泊の浜から正子・ロビンズ・サマーズと同じ風景を視ていたのである。

二〇一六年十月

（追記1）近く正子・ロビンズ・サマーズの自伝が出版されるはずである。ただ、二〇一七年三月現在、日の目を見ていない。

（追記2）高文研から「自由を求めて！　画家　正子・R・サマーズの生涯」が原義和編　宮城晴美監修・解説で出版された。

（追記3）前記「自由を求めて！」から引く。「女の子の友だちが三人、近くに住んでいた。その中の一人はすぐ隣の家だった。父親は学校の校長先生で、地域の有力者だった。大きな家の周りは石垣が張りめぐらされ、屋根は赤瓦だった。一度、誘われて家に行ったのだが、私はおろおろして、彼女の父親を見るなり、逃げ出してしまった。」

おそらく記憶の錯綜がある。むしろ八十有余年も前の記憶に正確を期すのが無理というものだ。少しだけ朱を入れる。「父親は学校の校長先生」は「村の助役」ではないか。「校長先生」とはその長男で「女の子の友だち三人」の兄である。時代的には大分ずれるが、のちの戦中・戦後の校長先生である。

私の母の実家である。女の子の三人とは母の妹たちで、その名も記憶しているが、そして三人それぞれには長編小説に匹敵する物語もあろうが、ここでのテーマではない。二人はすでに亡い。いわば旧家ではあるが、例に漏れず子沢山。母は貧乏農家の二男と結婚して一九三八年、サイパンに渡った。あれ！　話が飛んだ。

敗戦。一九四六年二月、サイパンから帰って、実家の物置小屋を生活の場とした。小さな道を隔てて、貧しい家があった。短い期間ではあるが、きれいなお姉さんがいた。八歳か九歳の頃で、その人は十八か十九歳くらいではなかったか、と思う。そのひとが新城正子。父方の一門でもある。

二〇一七年

トランプ劇場

さてトランプ劇場の幕開けである。いかなる展開になるか、観てのお楽しみということになる。ここ数カ月、アメリカ大統領の予備選挙から本選挙にかけてテレビの上で演じられる光景や言動を結構面白く視ている。ニッポンのお笑い番組は笑えないが、よその国の、ことにアメリカの選挙戦って結構笑えるのである。ニッポンや沖縄の政治や経済にとって、その影響は大きいかも知れぬが、私にとって対岸の火事である。なにしろ私には投票権がない。ならば無責任この上もないが、というより責任の取りようもないが、テレビの上の笑劇を楽しめばいい。ただ北欧の哲学者によれば世界は笑劇の裡に亡ぶ。私はきのう、めしをくった。きょう、飯を食う。明日も喰うだろう。日々、これ好日。とは言わぬが、日常とはそのようなものである。

アメリカの大統領選に何人が立候補しているか、私は知らない。ニッポンのその筋の専門家に聞いても、はて何名だったたっけ、と首をひねるに違いない。まるで泡沫候補なんて切り捨て御免だと言わんばかりの扱いである。名前ぐらいはあるはずだが、テレビや新聞、週刊誌、月刊誌、学術誌、その他はその存在そのものを消している。

結局、共和党、民主党の二大政党からの立候補者——Donald Trump と Hillary Clinton——の対決となる。各種世論調査から、あるいはマスメディア上の識者たちからも連日連夜ヒラリーの優勢が——まるで男は女の尻を追うのが宿運で、追い越してはならぬ、という鉄則があるかのように——伝えられている。その嘘、ほんとかね、と首をかしげる者は一種の変人である。世間とはアメリカであれ、日本であれそのようなものではある。世論調査ではヒラリーが優位にあるらしいが、果たしてその位置を維持できるか。

コンピュータは嘘をつかない？　そう、正確に嘘をつくだけだ。何を入力するかは研究者や調査官にかかっている。いま私は一枚の若い男性の写真を前にしている。鼻筋の通った、ニッポンの二十代前後の女性の言葉ではイケメンである。氏名 Nate Silver 職業 Meinungsforscher 世論調査官とでも呼べばいいのか、花形職業である——アスリートほどではないが——とはいえ、かれらも飯を食わねばならない、しかもたらふく。とすればメディアに囲われるしかないではないか。人間の頭脳を越えるらしいコンピュータはヒラリーの当確を打ちだし、世論をそこへ誘導している。昔はうまく生きた人間が機械に釣られるか。人工知能（ＡＩ）という幽霊が世界をさ迷っている。Kommunismmus という das Gespenst であった。幽霊には女もいるし、男もいるので、ドイツ語では中性名詞とし、定冠詞を das にすることで落着した。というのが新城の笑えない冗談である。

メディアがどの候補者を望ましいとするか、そしてその当選に全力を投入しようと自由である。私の関与することでもない。ましてや私はアメリカ国民でもない。てめえの勝手にしろ、である。あとは野となれ、山となれ、でいい。大統領はおれが決めるのだという、尊大な態度がメディアにあるにしても、まあそれもそれでいい。私はメディアに公正・中立の報道や権力監視の役割を求めていない。どだいその能力があるとは虚構としても思っていない。ただ面白い、時に奇抜な話題や映像を提供すればいい。単に野次馬的好奇心からメディアの、ことにテレビの世界を覗いているだけである。普通に生活するとはそのようなことだ。

アメリカの、それに追随してそれ以上に日本のメディアは民主党や共和党がどのような政策を掲げ、どういう歴史を歩んできたか、どの地域に基盤を持っているか、を語らない。私とて、今更アメリカの歴史を勉強し直す気はない。ただ大きな戦争は民主党政権下で起こっているな、あるいは起こしているな、と思っているだけである。第一次世界大戦、第二次世界大戦、朝鮮戦争、ヴェトナム空爆、などである。むろんアメリカは戦争国家である。この国にとって戦争はビジネスである。共和党政権にとってもである。

さて、とくればPfuiと吹き出すのだが、大統領選だ。両陣営とも相手のスキャンダル探し、ネガティブ・キャンペーンを張っているだけである。「なに？　女性の尻を触ったって？」とテレビ局の記者連中がしめた！　とばかりにざわめく。当の女性の音声と映像が流れる。そしていかにも物知り顔の、その筋の専門家——知識人はインターネットの波に飲み込まれてとっくに溺死している——がコメントする。そんなことが大統領選の争点になるなんて、ほんまかいな、と言ってもいいが、本当である。テレビの中のありふれた風景である。

マスメディアは二項対立、むろんそれが有権者には判りやすいが、一方を知性派（ヒラリー支持）、他方を感情派（トランプ支持）とする狂想曲。ことに知性派はトランプを嘘つき、煽動者、怪物、暴言王、詐欺師、気違い、偽物、下品、愚か者、バカ、ほら吹き、女性蔑視、無知、粗暴、白人至上主義、差別主義、反知性主義、ポピュリズム、ナチス、アメリカ第一主義、paranoia、嘘つき、とありとあらゆる感情的な罵声を投げつける。かかる批判＝罵声にいかなる知性がこもっているか？　ニッポンのジャーナリスト上がりの大学の先生方は答えてくれない。これらの言葉が一種のヘイト・スピーチじゃないかしら？　と懐疑する知性派はいないのか。私が思うに、ヒラリーは知性をよそおう。トランプは馬鹿を装う。ということだ。ヒラリーやその支持者の明晰らしい頭脳は内容のない空っぽ。少なくとも自分の手で触れる、自分の目で見る、自分の耳で聴く、自分の舌で味わう、自分の鼻で嗅ぐ、そういう五感を通しての自分の頭で考える能力や認識力を持っているとは思えない。トランプやその支持者には熱狂の裏に計算された、冷酷な知性がある。いずれアメリカはまっすぐころぶか、真逆に転ぶか、真横に倒れるか、まあ、結構な見せ場を提供する。

（付記）マスメディアが「知性と感情」という場合、前者は善玉であり、後者は悪玉である。血液中のコレステロールの値でもあるまいし、いくらなんでもである。私にとって知性に対応する言葉は感性である。一九六〇年、「九年母」誌上の短いエッセイで「感性と知性の一致」という言葉を使っている。当時、新城は大阪の短歌結社「白珠」に所属しており、安田青風、章生父子からのそのままの伝授であろう。ギリシャ風のオリンピア精神「肉体と精神の調和」をもじっていえば die Übereinstimmug von Sensibilitat und Intellekt とでもなるか。

ドイツの週刊誌 der Spiegel の記事——むろん新城は誤読の、いや誤解の天才なので訳さないが、

Trump so überperfekt wie Clinton, Clinton vulgär wie Trump――をやはりもじって言えばだが、トランプはヒラリーほどに知性的である。ヒラリーはトランプ程にほら吹きである。トランプはヒラリーほどに民主的である。ヒラリーはトランプ程に嘘つきである。別の言い方もある。トランプはヒラリーほどには偽善者ではない。ヒラリーはトランプ程には偽悪家ではない。区別はつかぬが、それでもどちらかに投票せねばならないと強要されている。民主主義国って大変である。あまりに多くの、中には行使したくない権利までを背負わされている。大学の先生の声が聞こえぬでもない、行使されない権利は権利ではない、という声だ。オーストリアかドイツの、しかもユダヤ系の法学者の鸚鵡返しの声である。

病気のトランプ。というのが世界の常識になっている。彼は精神を病んでいるが、肉体ではない。病気のヒラリー。彼女は肉体――おそらく心臓――を病んでいるが、精神ではない。アメリカという国家が病んでいるとき、最後の、とはいわないが、第何回目かの希望を託しての大統領選。だが、どの候補も die Hamonie von Körper und Geist 肉体と精神の調和を欠いている。古代ギリシャのオリンピア精神「健全な肉体に健全な精神は宿る」ことはめったにないのである。

さて、第一幕は喜劇 Komödie で始まった。第二幕は悲劇 Tragödie で終わるか、私の知った事ではないが、ひっくるめて悲喜劇でメるしかあるまい。

二〇一六年

去ってゆくバラク・オバマの背が見えて愛犬一匹寄り添いにけり

リスボンにわが旅おわるとメるなく蹌踉として歩みはじめぬ

鰻丼を不味し　とひとこと日に記すまずは食より老いは来にけり

いつもながらヤマトゥンチュウかと聞かれ何時も応えるヤンバルルヤシガ

素晴らしき知らせありを断りぬそれって天国からかも知れぬ

銀行がつぎから次へ倒れるを見たい気持ちも少しはあるね

琉球人だって人間を喰らひます　遅まきながら啄木に応ふ

Ⅱ　旅の途上で

スタディズ・ミュニックで

ドイツ語をいくらか齧った。が事実としてはまったく知らないに等しい。なにしろドイツ人を見たこともないし、肉声としてドイツ語に接したこともない。たかだかハリウッド映画を通してドイツ・ドイツ語・ドイツ人に触れたにすぎない。私は真の、とは言わない、生のドイツ・ドイツ語・ドイツ人を一片たりとも知らない。その国へ行くしかあるまい、と覚悟を決めている。

幸か不幸かは知らぬが、おそらくは前者である。私はＪＴＢの「ルフトハンザで飛ぶドイツ語研修」のツアーに紛れて、というか潜り込んでここミュンヘンにやってきたが、語学の習得なんてのっけからその他の余りである。私は見知らぬ街を歩く、ただ歩く。異国の風にからだを晒す、体をゆだねる。あとはどうでもいい。私にとって歩行と思考は同じである。とはいえ、私は古代ギリシャの逍遙学派の末裔ではない。語源探索癖がない、哲学癖もない。詩作と思索もまた同一であるか、どうかを吟味する気になれない。

スタディズ・ミュニックはいわば各種学校である。ドイツ語はむろんフランス語・イギリス語・スペイン語を教えている。初級ドイツ語のクラスには日本人を主として、やはりアジア系の数人がいる。シリア人の兄弟がいる。兄は浅黒く、短身で太っている。おそらくは扁平足。ドイツの土地に根をおろしているのか、話し言葉による意思の疎通にはそれほど困難を来たしていない。弟は十歳ほど若く、高校生ぐらいの年齢で、いくらか茶目っ気、というか人懐っこいのである。若い女の先生をからかい過ぎて、お前、もう授業に来ないでいい、と宣告されもする。が馬耳東風である。

教室の前に張り紙がある。本日の授業は隣りの建物で行う、という。なんの変哲もないビルディングのなかの三階の――ドイツ式で二階――部屋を探し当てる。ノブを回す、そして中に入る。授業は始まっていないが、いつもの顔ぶれはほぼ揃っている。いつもより華やいでいる。ことに女性群が。新しいメンバーを迎えたのである。

どんな小さなグループでもいつの間にかリーダーができあがるものだが、その川上昌子さんが紹介したい人がいる、と言って二十歳前後の女性を促す。ワンピースの、涼しげな女性が短く自己紹介をする。なかみち　いくよ。大学でピアノの勉強する、とだけ私は聞く。いくよのいくは馥郁たるの郁に違いない、漢字にすれば仲道郁代。と勝手に決める。髪はやや長めで肩にかかっている。ぽっちゃりとした、ふくよかな顔立ちをしている。

シリアの若者がいない。若い女の先生――ひょっとしてミュンヘン大学の学生――言葉を真に受けたのか、単なるずる休みか。それともドイツ政府によって国外退去を命じられたのか、私の頭は憶測が憶測を呼んでなんとも整理がつかないでいる。

一九八四年　夏

ノイシュヴァンシュタイン城から

男が豹変したというか、いきなり雄弁になったのである。初級ドイツ語のグループ旅行に参加した、ここミュンヘンからは遠いらしいが、極東の島国、さらに南の、地図に載っているのか、いないのかわからぬほどの小島からやってきた私はただ唖然とするしかないのだが、妻にはどうということもないらしい。彼女のドイツ語はこんにちは、ありがとう、どこ、トイレ？ ぐらいのものなので、——まあ、普通の旅行者ならそれでいいのであって——むろん、男の変化に気づいていない。というよりすでに見た風景を反芻しているか、いくらか疲れた体をバスの広々としたシートに埋めて軽い眠りについているかである。

午前中、男はガイドとしての仕事を過大にでもなく、過小にでもなく、目立つでもなく、目立たぬでもなくこなしていたのだが、たとえば私の三週間ほどのホーム・ステイ先のフラウ・ボイメルによれば単なるくるくるぱーにしか過ぎないが、なぜかR・ヴァグナーの芸術上の庇護者として知られすぎたバイエルンの国王ルートヴィク二世が水死を遂げたシュタルンベルク湖を示し、その死が自殺によるか、謀殺によるかはいまなお解明されていない、といった具合にである。なーに永遠の謎にしておくほうが州政府観光局にとって都合がいいだけのことである。

私にはルートヴィク二世のノイシュヴァンシュタイン城、ことにその内部は観光業者の宣伝文句・目をみはる豪華絢爛には違いないが、どこかごてごてして、けばけばしい装飾で、やはり一種の精神を病む王の創作物としか思えない。私はガイドの説明をうわの空で聞く、さっさと退出する。城の外の世界を――山々や樹木、平野やみずうみ――ぼんやり眺める。風がある、でもない。山の中のいくらかひんやりした空気にからだを晒す。

長身の――ドイツ人にしては中肉中背か――私よりは若いが、三十歳をとっくに過ぎているであろう男はなんの前触れも脈略もなく、突然、十二年前のオリンピック・ミュンヘン大会での出来事を話し出す。一九七二年九月五日、早朝、パレスチナ・ゲリラがイスラエル選手団宿舎を襲撃、二人を射殺し、九人を人質にして拘留中の仲間の解放を要求した。そしてその結末の、人質もろ共に皆殺しという惨劇をマイクを手に滔とうと語り続ける。

電波が世界を駆け巡る、衝撃的な事件ではあったであろうが、その半年前には浅間山荘の銃撃戦をテレビで注視し続けた私にはさほどでもなく、国家はその程度のことはやる、いな、国家は見せしめとあらば虐殺の場面をも国民の前に晒す、必要とあらば闇から闇へ、と事を処理する。私は国家の公開（処刑）性と秘密（警察）性を確認しただけである。

なぜこの若者は熱っぽいのか、ゲリラへの共感か、事件の切迫感かはわかり様もない。引率の、太っ腹の語学学校長が苦虫を噛み潰したような表情をしている。

一九八四年　夏

車窓から

ドイツ北部の都市ハンブルクに飽きたわけではない。トラベルがトラブルと語源を一つにするからと言って、さほどひどい目に遭ったわけでもない。せいぜい市内観光のガイドにポーランド紙幣、ほとんど紙屑を掴まされたぐらいで、ハンバーグこそ食べはしないが、一応、北海産のロブスターだって食したわけだし、みるべきほどの事は見つ、とまではいかぬが、食ふべき程の事は喰ひつ。そろそろ潮時かな、というわけでベルリンに発つことにする。

中央駅近くの旅行社に立ち寄ってホテルの予約をしたい、と言う。なーにそんなの必要ない、ベルリンのインフォルマツィオーンで世話する、とのことである。私の初級ドイツ語ではあまり突っ込んだことは聞けない。私は昭和天皇並に Ach so と言ったか、ままよ、と思ったか、いずれかである。

十時三十三分、ハンブルク発プラハ行に乗り込む。途中で下車すればいい。それとも居眠りをして、乗り過ごし、終点プラークまで行くのも悪くはない、なにしろ無用の旅だ。ベルリンまで四時間ほどかかるはずである。座席はコンパートメントになっていて、向かいに二人の初老の婦人が座っている。極東からの旅人、私たち夫婦は否応なしに好奇の目に晒されるわけだ。なーにこちらだって二人の世間話に無関心を装いつつ好奇の耳をそばだてているではないか。二、三の単語——私はキー・ワードと呼んでいるが——しかわからない会話に。

背が高く、骨格のがっしりした婦人はどうやら戦時中——むろん第二次世界大戦——パッサウにいたらしいが、それは住んでいたのか、収容されていたのか、私の語学力では分からない。パッサウ、たしか四日前に下車こそしないが、通過した都市だ。美しすぎる街だと聞く。厄介だ、美には必ず醜さが付きまとっている。あるいは醜悪なるものは天使の羽衣を纏っている。パッサウの郊外に臨時収容所があった、たしかAussenlagerと呼ばれていたはずだ。昔にはラーゲル、ロシア風にはラーゲリ、今風もしくはアメリカ風にはラガーだが、いまやビールの名前としてしか残っていない。自国には収容所がなかったかのようにアメリカ語辞典からその意味・内容が消されている。民主主義の狡知である。狡知もまた知恵のうちではある。

それにしても列車の旅は楽しい、何から何まで物珍しい。私の目が子供のように輝いていたか、どうかは知らない。なにしろ私は自分の目を見ることができないのだ。鏡、もしくは窓ガラスの中の自画像、あれは虚構である。わずかの観察力があれば気づくはずだ。私は窓の外に置き去りにされていく風景を見ているだけである。

旧東ドイツに入ったのであろうか、風景が変わったような気がする。何か欠けている、なぜか索莫としている、という感じである。いわば風景が壊れているのである。とはいえ私はのほほんと構えている。ひとは世界の不幸の真只中でも生きて在ることの快楽を享受するものだ、と思う。今日一日、われをして在らしめよ、である。

一九九一年八月

ベルリンの第一夜

ベルリンに向かう。ドイツの首都ベルリン！　初めての訪問だが、私はこの都市についての正確な知識を持っていない。偏見と独断と先入観だけは存分に持っている。やはり未知の土地である。なのに私はホテルの予約をしていない。なーに午後も早めに着けばどうにかなると、ものの本に書いてあるのを鵜呑みにしてである。事実、都市から都市へと渡り歩く瞬間の旅人にはさほど宿泊で困窮することはない。どの駅にもインフォルマツィオーンがある。

Zoo 駅に着くとすぐインフォルマツィオーンがある。行列に加わる。さほど混んではいない。さて私の番である。予算は？　八十マルク程。なんとも簡潔な会話。初めての旅行者と見てであろう、近くの交通に便利なホテル「Borse」を紹介してくれる。住所と電話番号を記した地図、というより紙切れを受け取る。スーツケースを転がしながら街を歩くわけにもいかず、別にどうということもないが、タクシーに乗る。おそらく五、六分の距離である。

日本人ならベルリンの銀座通り、私なら温度や湿度が違えば肌に触れる空気も耳に聞こえる音も目に見える色彩も自ずと異なるので似ても似つかないと言うが、クーアフュルステンダムに面してホテルは在る。一階——ドイツ風には〇階——がアメリカ・フード帝国の店で、二階以上が客室になっている。

ドイツ、ことにその首都ベルリンは第一次大戦の敗戦以後、飲食はコカ・コーラの、ハンバーガー帝国の、政治はデモクラシー帝国の、音楽はジャズ帝国の支配下にある、と言ってもいい。アメリカが手本である。まあ、敗戦国の常の姿ではある。国民は敗戦の日を記念日として祝福する。敗れることによって勝ったという、いくらか精神分析の対象になりそうな、ワイマール共和国時代の精神のあり様である、というか病である。第二次大戦後もまた同じである。

ベルリンは黄金の、ただちに浅薄な、と言い直してもいいが、一九二〇年代以降、アメリカ以上にアメリカ的だが、それにしても一切の装飾を省いた、機能性だけを備えた部屋である。この世界には美なるものは存在しない、と言わんばかりに何もない。完璧なる空虚。ここに人間はいない。そして私はベッドの上に横たわる物体である。

真夜中、階下のハンバーガー店の前からのけたたましい声で目を覚ます。まるで金田一耕助シリーズの甲高く、この世に存在しない鳥の鳴き声に近い。けっけけっけっ、けらけらけら、けたけたけた、といずれにも聞こえる異様な。おそらく旧東地区からやって来た新ベルリンっ子たちのヴァルプルギスの祭りである。

一九九一年八月

アレクサンダー広場で

ベルリンに来て二、三日が過ぎた。私はそろそろ旧東地区へ足を伸ばそうか――まるで少年少女の冒険・探検物語並である――ということで動物園沿いの、その名もずばりHotel am Zooを出る。朝食はしっかり摂っている。旅行者が動き出すにはまだ早く、外の空気はひんやりと冷たい。歩いて、しばらく歩いて、するとやや汗ばむ程度に心地よい。ウィーンの人ならGemütlichとでもいうか。

私は地下に潜る、地下から出る。別に非合法の政治活動家ではない。むしろ傍観者もしくは非政治的人間に近い。地下鉄を利用すれば、いとも簡単にアレクサンダー広場に達する。この便利な乗り物を前にして、俺はもぐらではない、と抗議する者はいない。私もその一人であるが、とある日突然に、俺はもぐらだ、という奇矯な想念に囚われるとする。それはやがて都市生活者の一般認識になるかも知れない。またしても、とある日突然に、どこかの誰かがもぐら生活からの解放を！文明の桎梏からの人間の解放を！　と叫ぶ。新聞やテレビはその筋の専門家を登場させて、やれ騒動・反乱・革命の発端、波及だと知ったかぶりの、言いたい放題を言わせる。というのがマスメディアの常道である。

アレクサンダー広場はただだだっ広く、まだ人影も少ない。斜め向かいにテレビ塔が立っている。

宗主国ソヴィエトに考慮してか、モスクワのそれよりは低い。三六五mの高さにあるはずだ。地上二〇三mに展望台があり、回転式カフェになっている。いかにドイツ民主共和国が経済や技術の面で優越しているかを示すかのようにベルリン全市を見渡している。というより腐敗した資本主義の見本市西ベルリンを睥睨している。為政者は洋の東西を問わず、国原を国見するのが好きなのである。そのうえ、いたる所に銅像や建築物その他のモニュメント。その数量と大きさによって、とある国の政治体制が全体主義か、否かが推し測られるというものだ。

中年の、もう初老に近い女性がベンチに腰かけている。背筋をまっすぐ伸ばし前方を見つめている。水玉模様の白いワンピースを着けている。質素だが清潔で、いかにも涼しげである。私はこの女性が旧東ベルリンの中心でどのような物語を紡いできたか、を知らないし、知り様もない。むろん憶測や想像を交えて、マルセル・プルースト並の長大な小説に仕上げる作家がいないでもないが、このいくらか白髪の混ざった女性は世人の推測や妄想を拒否するでもなく、しないでもなく、泰西名画の婦人像のように動かない。ただそこに在る。風景を眺めているだけである。自分自身も一つの風景となって。

ひとはどこから来て、どこへ行くかはわからない。いまそこに在る、ただそれだけの存在である。それ以上でもなく、それ以下でもなく。

一九九一年八月

広場の囚人

ホテル「カールトン・エグゼクティブ」はサンタ・ルチア駅の、大運河を挟んだ対岸に在る。水上タクシーを利用してもいいが、橋を渡ればすぐそこである。水上バスの三日券——なんと一七、〇〇〇リラ、日本円にして約一、七〇〇円だから寧ろその安さに驚くほどだ——を購入しているが、歩くことにする。なーにヴェネツィアなんてちっぽけな島だ、と高を括っての上である。

歩くことは健康にいい、そんな大それた目的などない。足があれば歩くようになっているだけだ。私の場合、歩行と思考はほとんど同義語である。フランシーヌの場合はどうか知らない。いくらか気どってR・デカルト風に言えば、私は歩く、ゆえに考える、のである。Ich gehe, also denke ich. とでもなるか。腹が減ると飯を食い、疲れると休む。飯屋というか、カフェというか、Trattoriaで烏賊墨のスパゲッティを瞬間の旅人として喰らえばいい。

大運河があれば、小運河があり、水路がある。その上に幾十か、幾百かの橋が架かっている。いくつかの広場を横切り、立ち止まる。右を見、左に目をやる。これまたいくつかの迷路を迷うことなく、ほとんど正確な足どりで歩く。なにしろ、どの路地にも名前があり、標識があって、AからB地点まで何百mかが分かる。方向を示す矢印まで付けてある。酒の面白味は酔うことにあり、旅の楽しみは迷うことにある。観光地は過剰な親切に溢れている。そのうち、渾身の力を込めて逆らってもサン・マルコ広場に達する。

サン・マルコ。何とも通俗的な、カトリックの国なら何処にでもある凡庸な名前の広場には鳩だけが群れているのではない。人もまた浮かれに浮かれている。その最たるものが私であること、いうまでもない。

広場の中央を横切って、大仰な、時代がかったサーベルを腰に下げた警吏が男を縛して引き回している。私は伊東静雄の詩の一節、悪戯ずきな青年団が掏摸を釣って海岸をほっつきまわる、を思い出しているわけではない。それにしても男はふてぶてしく、威風堂々とした面構えである。ははーん、プッチーニの「トスカ」か、ロッシーニあるいはヴェルディのオペラの一場面を切り取っているのだな、と気づく。ここでは人生は虚構である、要するに大げさな、誇大広告である、と言わんばかりにすべてが人工的、演技的である。広場は劇場空間、実際の殺人だってある。

一時間後、「カフェ・フロリアン」に座っている。音楽が鳴っている。ヴィヴァルディである。ヴェネツィア商人にとってヴェネツィア楽派だけが音楽である。那覇、インターナショナル・ストリートの商人にとって琉球音楽だけが音楽である。

一九九四年八月

百日紅

トスカーナの州都フィレンツェはさほど広くはない。ただ通り過ぎる者としての観光客には一週間もあれば、一応、名所旧跡は歩けるはずである。むろん、レオナルド・ダ・ヴィンチの村やニコロ・マキャヴェッリの別荘を訪ねることを旅の日程に組み込まなければの話である。フィレンツェは都市そのものが美術館である、というのは観光業者や州観光局の誇大広告である、花の都と呼ぶのもこれまた地元民のお国自慢にすぎないが、それにしてもやはり美しい。ドゥオーモを始め、あたりの建物は赤や白、緑で装飾されている。適度にくすんだ薔薇色の街をゆっくり歩いている。

どこを、どう歩いてもいい、気の向くままでも、ひとに揉まれながらでもいい。何を見ようと見なかろうと随意である。そのうち何かにぶつかるはずである。しばしばトゥリスタだが、その時はミ・スクズィとか何とか言えばいい。気づくとミケランジェロのダヴィデ像——むろん、コピーである——の下にいる、という具合だ。ちらっと見上げる。ユダヤの慣習として割礼がなされているか、それとも包茎であるか判然としない。ままよである。

アレル川の上に橋が架かっている。Ponte Vecchio である。川の眺めは美しい。だが、美は痙攣的かどうかを別として、それは必ず残酷を孕んでいるものだ。一四九八年、この美しい風景の中でおそらくは民主的で、激越な、しかも高潔な＝狂信的な圧政者、ドメニコ会修道士サヴォナローラが火あぶりにされ、灰にされ、そしてばら撒かれている。

両側の宝石店をからかい半分に覗きながら橋を渡る。とそこはあの世であった、いくらなんでもである。歩くことしばらくピッティ宮殿に到る。二階にパラティーナ美術館がある。イタリアの内陸都市フィレンツェの夏の暑気しのぎになればと入ることにする。コレクションとまではいかないが、結構、ラファエッロがある。ここはウフィツィに比べればあらゆる意味で涼しい。

美術館を出る。とそこはボーボリ庭園である。歩く。足を止める。また歩き出す。私はここ二、三日の、しかも箱の中の美なるものから逃げて来たのである。それらの作品はよほどの美の大食漢でない限り、押しつけがましいだけである。ひとは美の祝祭にだって辟易するものだ。誰が名づけたか、美の収容所。おそらく私が、である。

糸杉の並木が続いている。梢は濃い緑で覆われ、むしろ黒ずんでいる。プラタナスの葉も過剰な緑に溢れ、鬱陶しいだけである。ゆるやかな坂を下る。と個人の住宅であろうか、赤い百日紅が咲いている。ただ呆けっと眺めている。万緑や紅一点の猿滑り。作者不詳。不意にアメリカ語かイギリス語か分からぬが、ここはみどりだけね、と語りかけてくる、中年の涼やかな婦人がいる。私は軽く同意を示す。

一九九四年八月

Non, merci

ウフィツィ美術館がホテル「ブルネッレスキ」から数分も行かない所にあることはすでに分かっている。昨日、フィレンツェに着くや宿に荷を解く間もなく、ウォーミング・アップというか小手調べというかで、街を少し歩いたからである。ルネサンス期のあまりに著名な建築家の名を冠した、それなりに風格のある——なんと、四つ星である——ホテルは世界のど真ん中に位置している。フィレンツェ人にとって、フィレンツェを中心にして地球が動いている、というのがガリレオ・ガリレイの地動説である。

私は通り過ぎるものとしてのトゥリスタだが、朝食はゆっくり、たっぷりとる。なにしろ胃袋はいつ、いかなる所でも「食べなければ損」と考える。ただ食事代払い済みだからである。胃袋と頭は別で、なんともはや現金なものである。下半身は上部構造を規定するのである。さて、と立ちあがる、歩きだす。どこへか、まだ決まっていない。今日もまた内陸部特有のむっとする熱い空気と、加えて観光客の人いきれが街を覆うであろう、天気が上々によいのである。

何はさておき、ということになるか、一時間後、私は美なるもののいっぱい詰まった箱の中にいる。ひとは美なるものを眼の前にしているのではなく、それに強迫され、襲撃されているのかも知れない。それでも目は「見なければ損」と考える。ただ入場料払い済みだからである。やはり現金なものである。フィリッポ・リッピの「聖母子と二天使」の前に立つ。聖母マリア、泰西名画並の顔立ち。幼子イエス、ぶよぶよに太った、今風に言えば肥満児。繊細なマリアと顔のでっかいイエス。おそらく聖と俗、高貴と卑俗、気品と下品は同じである。

サンドロ・ボッティチェッリの「春」、「ヴィーナスの誕生」の前に人が固まっている。サンドロの、いやルネサンス絵画の傑作中の傑作――装飾過剰気味である、と思う――ではあろうが、この上品な人たち＝人混みの中では作品というより見世物である。芸術というより（観光）資源である。私もまた見物人である、街頭の芸術を見るような。ままよ、である。後ろを振り向くと、やはりサンドロの「受胎告知」がある。フラ・アンジェリコやレオナルド・ダ・ヴィンチのそれとは明らかに違う。天使の、聖霊によって身ごもる、という告知を拒否するかのように身を捩って、逃げようとする。少なくとも受容の姿勢にはない。

「Non, merci」と男の声がする。「受胎告知」を指して、いやよ、という仕草をする。連れの女性と戯れているのである。至上の愛、合一の悦びを知り尽くしている成熟した男と女である。やはり聖と性、聖霊と精液は同じである。下半身は上部構造を規定するか？　地上の悦楽を抜きにして聖なるもの、美なるものはない。

一九九四年八月

森からの眺め

ウィーン滞在一週間のうち、一日をすべてみるべき程のことは見つ、というわけではないが、市街地を少し離れることにする。名所めぐり、むろん地獄巡りを含めてだが、市のシンボル・シュテファン寺院を近くから口をあんぐり開けて仰ぎ見ることに辟易していたのである。高い建物を真下から仰ぐ場合、口をあんぐり開けるのは日本人観光客に決まっている、と知ったかぶりを書く物の本もあるが、なーに感嘆の肉体言語なのである。

私は目的もなく、スケジュールも組まず、思いたつや否や水鳥が水を蹴って飛び立つように、とはいかないが、旅に出ることがある。占い師によれば何をやらかすか分からない血液型らしい。まあ、宝籤よりは当たる。もともと人間というもの、そのように出来ているものだ。旅費はいくらか余裕を持たせてある。政府の、政治家への還流を目論む粉飾予算や企業の赤字隠しの粉飾決算ほどではない。今回の旅にいくらか淡い期待がないでもない。ヨーロッパの紅葉に出会うかもしれない。

ウィーンの森と呼ぶかどうかは知らないが、郊外の小高い丘を目ざす。近くまで地下鉄があり、市電もある。私は閉所恐怖症気味である。それに土竜《もぐら》でもないので、U・bahn を忌避する。市電D号線を選ぶ。南駅からヴェルベデーレ宮殿、オペラ座、大学を通過して郊外へ、ハイリゲンシュタットに到る。そこでバスに乗り換えねばならない。あとは乗客もそう多くはない、いや、むしろがら空きのバスにゆらり揺られつ、周囲の景色を楽しめばいい。いくつかの村を通過しながら、家々のかたちや色彩を、庭の花々を――おそらく美そのものはない。ただ物の色や形、匂いや音があるだけである――のほほんと眺めているうちに頂上にたどり着くことになっている。気楽なものではある。

バスを降りる。広場になっている。十数人の先客が――実際はどうか知らないが――気の向くまま、心のおもむくまま歩いているように見える。私は群れからそれる、外れる。いつもの癖である。私有地に入り込む。忽ち内部に忠実な、外部に獰猛なブルドッグよりも敵対心を剥き出しにした家主に追い立てられる。西洋近代は所有権の絶対性の社会である。無断侵入者を撃ち殺してもいい社会である。退散する。

展望台からウィーンの市街を見わたす、さほどの感興はない。観光客にとっては心地よいgemütlichかも知れないが、私にはどの赤ん坊も同じに見えるように、どこの眺望も似たり寄ったりである。ウィーンの森からの眺めも、コリント山地からのそれも、今帰仁城から伊平屋、伊是名を遥かに見渡すのとほとんど同じである。私にとって眺望の美しさは、やや汗ばんだからだに爽やかな風を感じる、いわば皮膚感覚からやってくるのであって、必ずしも視覚からのみ齎される恩寵ではない。

二〇〇一年十月

ベートーヴェンの家

ウィーンの森の頂上からの帰途は、上がりがあれば、その後は下りしかないのは当然でゆっくり歩くことにする。バス停留所の二、三か所の距離なら既にというか、とっくにというか、老人の仲間入りをした男にも歩けるはずだと見当をつけたのである。むろん妻は私より若いし、健脚でもある。疲れたらバスを拾えばいい、とこれまたのほほんと考えての上である。ここでのほほんとは禅宗のいう自在や無事を意味しない。むしろ、例の鼻歌、ああ、のん気だね、に近い。

「ベートーヴェンの家」があるらしい。正式には夏の家という。とすれば彼には冬の家も春のそれもあったことになる。王宮、夏の離宮、その他無数を持ったハプスブルク家並である。なーに引っ越し魔というか、単なる気まぐれ屋というか、それとも家賃を払えず、あるいは払わずか、次つぎと追い出しを食らったのかも知れない。立ち寄ることにして、ぶらぶらうろついていると、「モーツアルトね」と幼い男の子が声をかけてくる。子供はいつも好奇心だらけである。若い母親が慌ててたしなめるように制止する。「ちがう、ベートーヴェンよ」と言っているのか、知らない人とは口をきいてはいけない、と日本の母親と同じく注意しているのか分からない。母親に手を取られた男の子はちょっとふり返る。Gruss Gott とでも言えばいいか、さらば異国の子よ、人生は一回ぽっきり、一期一会である。

フィレンツェにはダンテ・アリギェリゆかりの土地が百カ所以上もあって、一二七四年五月の、とある日、とある橋の上で慎ましやかで清潔な紅色の衣服を纏った女性に会う。また一二八三年五月の、とある日の昼下がり、とある道でまっ白な衣裳と年齢に相応しい装身具を身につけた女性が詩人に会釈をする。と市観光局のパンフレットに記すが、このような類は世界の各地に転がっている。スペインにはヘミングウェイが立ち寄らなかった希少なカフェだってある。さほど珍しいのである。ベートーヴェンの場合はどうか、などと詮索するのも阿呆らしい。

ベートーヴェンの家はなんの変哲もない、ありふれた二階——オーストリア式では一階——建てである。ちょいと見上げて素通りする。私は仁和寺かどこかの法師ではない。本山を拝まず帰ろうとどうでもいいのである。また近くには「ハイリゲンシュタットの遺書の家」があるが、やり過ごす。耳を病む音楽家の苦悩を追体験する気がないだけである。どちらかと言えば私はベートーヴェンよりブラームスが好きである。

ウィーンの森の麓の村をぼんやり歩く、と私のからだをやわらかく包み込むものがある。かすかな風の音や光の匂いやである。その他はやはり余りである。

二〇〇一年十月

落ち葉

また別の日である。ホテルの食事を済ませると小さなカード、市内乗り放題のパスが内ポケットにあるかを確かめる。そして外に出る。おもむろに深呼吸する。というより大きく欠伸をする（ように他人には見える筈である）。私にはわたしを映す鏡がない。ボクニハボクガワカラナイ、なにもパパゲーノだけに限るまい。旅先での朝の儀式であるが、省略しても差し支えない。

時計を持たずに道に迷う、バスを乗り違う、そんな小さな旅、というかそぞろ歩きをする癖がある。とはいえ、私は逍遙学派の子孫ではない。かれらは思考したが、私はそれをしない、ただ歩行するだけである。かれらは哲学を生み出したが、私は頭を空っぽにするだけ、いやもともと空の空の空である。

バスを降りる。旧市街地の内にあるのか、離れているかが分からない。おそらくその境、いずれにも属し、いずれにも属さない境界に立っている。上、天界に昇るのは不可能だし、下、地獄に落ちるのはいやだし、結局、この球形の平地を前に進んで立ち止まり、うしろをふり返って立ち止まる。どっちにせよ右往左往している。垣根があり、名前も知らない樹木や花々があり、その持ち主の家々を――挙動不審を疑われた寺山修司の先例がある――軽犯罪法に抵触しない程度に覗き見をしながら、というよりそういう風景の中をぼんやり歩いている。のほほんと歩く私もまた別の人から見れば、とある風景の一瞬の一齣である。

流行のキー・ワード、なんとかの一つ憶えで言えば、至福のひと時であるが、むしろ苦行である。目は風景を、外界を見るよう強制されている。視ることから逃れようもない。神秘は外部に宿る、視覚や聴覚を通してやってくるだけだ。私は内部を注視しない、なにしろ、がら・がら・がらん洞である。

適度に疲れる。レストランというには大げさだし、まあ、あずま屋と呼ぶのが似つかわしいめし屋に入る。中庭には三〜四十mを超すであろう樹木の下に食卓というより、ただ用をたせばいいといわんばかりにテーブルとプラスチックの椅子があるだけだ。ここまで来てワインを、Heurigeを飲まぬわけにはいくまい。あとはコテージ・チーズ、自家製ハム、ソーセージ、サラダ、なんなりとお気に召すままである。

いきなり巨大な物体が頭上高くから音を立てて落ちてくる。木の葉である。木の葉が散る、風に舞う、そんなイマージュにはほど遠い。樹齢百余年の落葉樹からもぎ取るように束となって落下してくる。大地に叩きつける様にばさっ、どすんとおちてくるのだ。この落下物をなにか大きなものの手が受けとめるだろうか、それはバーミヤーン窟の大仏か、タポチョ山上のキリストであるか、いまの私には分からない。

二〇〇一年十月

年金生活者

昼食時をだいぶ過ぎている。ウィーン郊外の農家が自家製の作り立てのワインと食事を提供する森のレストランに入る。なんのことはない単なるめし屋というか、居酒屋である。Heurige、なるほど新酒である。新鮮ではあるが、ワインの場合、それは熟成を経ていないことになる。美味いか、どうかはそれぞれの味覚による。先客が一人、初老の、というより完璧に老人である。私は軽く会釈し、私の同伴者はGuten Tagと挨拶する。初めに言葉があった、いや少し違う。すべては挨拶語からはじまる、というのが妻の家に代々伝わる教えである。

男は安堵の表情を浮かべる。観光客ではないらしい。近所の人かも知れない。めし屋の主人とは昔からの知人で、いまさら新しい話題など無さそうである。いわば両人は互いに無害の、居てもいなくてもいい関係にあるらしい。ひとは顔見知りのなかに在ってなお孤独である。みすぼらしいほどの身なりではないが、まあ、普段着である。初対面であるし、親しくことばを交わすわけではないが、それでも食事を共にする人がいると心が落ち着くのかも知れない。

少しく、ありきたりの言葉を交わす。なにしろ私のドイツ語だ。どこに、どこから、どこへ、住んでいるの？　来たの？　行くの？　と聞くしかない。まるで質問攻めだが、ドイツ語の場合、このWo……？　は河馬の一つ覚えだが、会話の入り口として大事である。よほどのひねりにひねった捻くれ者でない限り、応えは返ってくる。男はなにか土地の名前を言ったが、そこが何処なのかわかりはしない。なにしろツーリストのくせにウィーン近郊の地図を持っていない。私は昭和天皇のようにAch soといかにも分かった風な口のきき方をする。

私の同伴者はさすがに沖縄の女性だけあって、手ぶり、口ぶり、身振りでことばを操っている。おそらく女性は天性の、言葉の曲芸師である。私は賭けてもいいが、現場感覚というか、その時、その場のことばの即応性では男性は女性に太刀打ち出来ない、と思う。からだの所作もまたはひとつの言語表現である。

ひと時が過ぎる。男は独り暮らしの年金生活者なのか、家には家族が待っているのか、それとも自分の家の中に落ち着く場所のない無用の者なのか――ニッポンでは粗大ごみと呼んでいる――分からない。いや、ひょっとしてだが、実はありふれた身なりの、ウィーン第一の金持なのか、まさかなのだが、ハプスブルク家の末裔なのかも知れない。やはり老人なりの身の丈に合った物語を紡いできたに違いない。男は食事を終えると残りの小さな肉片をそっと紙に包んだ。そして私の視界から消える。

二〇〇一年十月

Wo bin Ich jetzt?

ハンガリーの首都ブダペストはドナウ河右岸のブダ地区と左岸のペスト地区から成る。と言えばははーん地理上の位置としては右岸と左岸の合併、人びとの社会的構成上の地位としては右派と左派の連合の結果なのだな、と気づく。王党派が左派であるはずもなく、ならば王宮は右岸にあるに違いない。

右派と左派の合同、富と貧困の共存。ひとは美しい絆と呼ぶ。もちろん絆は直ちに頸木・鉄鎖でもある。ひとは社会の内に在ることの制約を受けざるを得ない。くさり橋、名づけて妙である。夜はライトアップする。美しい均斉を保っている。ライトアップ、それは醜悪な現実の目眩ましである、とまでは言わぬが、まあ、国家はその程度には愚かしい。いつ、この均衡が破れるか、どうかは何とも言えない。

たんなる都市から都市をめぐる旅だが、いまでは世界文化遺産を回る、義務としての日程をこなさねばならぬ、ときている。やれやれ。この老耄にさしかかった男には糞おもしろくもない歴史と文化を、しかも身銭を切って学習するのはしんどいのである。あとは自由で、というかツアー・コンダクターのにわか作りの知識から解放されて、どこか見も知らぬカフェで、きっと貴族の飲み物と称する甘ったるいトカイ・ワインを、そんなのとっくに東アジアの辺地で飲んでいるのだが、注文し、ぼんやりと時間にからだをゆだねるのもいい。

また別の過ごし方もある。他の人と同様、街を二分して流れる河に浮かぶ遊覧船、というか豪華客船にからだを丸ごと預けて、またしてもきっとだが、旅行作家がドナウの真珠と称するアジア系ヨーロッパ人の住む都市の暮れゆく風景をなに思うでもなく、思わぬでもなく眺めているのもいい。だが、食いしんぼうの私がボリュームたっぷりの観光客用料理、これまた観光客用フランス・ワインを目の前にして船の速度で遠ざかる夜景を眺めているとは思えないのだ。私はいくらかの感傷家ではあるが、それほどの抒情派ではない。

結局、私は路面電車に乗る。そう遠くまでは行くまい、と高を括ってである。電車は人びとの生活圏をドナウ河に沿いつ離れつ、ゆっくりと走っている。乗客は九人。最初の停留所で中年のやや小太りの女性、次いで労働の痕跡を顔に刻む初老の男、……が降りる＝消える。そして誰もいなくなった。いくらなんでもミステリーの読みすぎである。

終点で降りる、と私は街はずれの索莫とした世界へ放り投げられる。世界は私の内に在る、のではない。むしろ外に在る。いわば囲いとして。幼い子供が聞く「ぼく、どこにいるの？」だが、風の音さえ返ってこない。私は子供より不安でか細いのである。任務を終えた運転士がタバコを吹かしている、安堵と溜息ともつかぬ。

二〇〇一年十月

ロシアン・マフィア

旅には危険が伴う。なんらかの心配事や災難にも見舞われる。だが、私はトラベルとトラブルとは同じである、とは言わない。言語学に疎く、その上、怠惰ときている。いまさらオックスフォード大辞典を開いて、その語源を確かめる気もない。六十歳——俗に還暦——を過ぎると、さほどの理由もなく、ごく自然に数え年にしているが、知識のぎっしり詰まった辞典を書棚から取りだす筋肉の力もない。

私は旅をすることの不安と快楽から逃れようがない。避けようとも思わない。ここがどこなのか、ブダペストの中心から離れているのか、いないのか皆目わからない。ひとは遠い眺望として自分の位置を見わたす。だが、いま・いる・ここが何処なのかはよく視えないものだ。渦の中に在る者は自分の立っている場所が分からない。私はアルコール無しに酔う、マリファナ無しに幻を視る。

裏町とは言わぬが、素通りでないことは確かである。街に灯がともる。窓から光が洩れる。ぼんやりかすんでいる。人生をふりかえる年齢ではないし、その気もないが、もし、ふり返ればぼーんと霞んでいるはずである。未来が明視できないように過去もまたそうである。まして現在をや。ドイツ語には現在進行形がないが、私にはそれだけがある。どこへ向かって進行するか。ただ、ひとは過去に、もっと正確にいえばだが、記憶の牢獄に囚われている、そして永遠に逃れようがない生き物である。少なくとも私はそのように造られている。記憶をいかに消すか、が生涯の課題になるとは、まるで悪夢である。とはいえ、雲と雲の裂け目に一瞬の光がさす。石と岩石の隙間に花が咲く。人生の裂け目に瞬間のしあわせが生ずる、さわやかな風が生まれる。生きていていいのである。

私はホテル・ヘリアがどこにあって——たぶんドナウ河の中島・マルギット島を目の前にしている——出ては来たが、どう帰ればいいのかわからない。ままよである。河に沿って歩く。流しのタクシーはないが、どこかのホテルに客待ちがある、と当たりをつけている。

アジア系の遺伝子をあるか、ないかわからぬ程度に持つ運転手は私より若いが、それでも初老に近い。生活はその心労の蓄積によってかれの顔を存分に侵食している。私は男の顔に履歴書を、ハンガリーの現代史、おそらくは惨劇を読み取ろうとは思わない。

運転手はふり返って「ロシアン・マフィアでなくてよかったね」と言う。私の緊張と警戒心を解きほぐそうとしてである。あなたもそうなの？　と私の初級ドイツ語で冗談を言うつもりはない。Vladimir・V・Putin のロシアは東ヨーロッパの国々にマフィアを置き土産にしたか、それとも情報の網の目を張りめぐらしているかだな、と妄想に耽っているだけである。

二〇〇一年十月

ベルリンへ

ベルリンは秋、紅葉の季節であった。

スイス航空でチューリッヒを経由して、ベルリンのテーゲル空港に降り立つ、と雨であった。予定通りというか、なんとも叙情的な出迎えときたものだ、と苦笑いをする。

天気はぐずついている、と心積もりはしていたが、やはりベルリンは雨、身に引き締まる寒さである。とはいえベルリンへの第一歩、この緊張は快くないわけでもない。私の体は清涼な風に吹きさらされる。心はいざ知らず、私はこの身を風に委ねることの心地よさにやや頰を火照らせ陶然としていたかも知れない。なにしろ自分で自分の顔の表情や心の動きまでは思い測りようがない。かも知れないとしか言えない。

陶然とする？　それにしても私のドイツ語ときたら、公式的には日常の話し言葉ならどうにかこうにか通用するはずだが、なにしろ言葉の世界は一触即発の、臨機応変、即妙の世界で何が飛び出すか、予測できない。まるで戦場か、丁々発止の賭場である。まあ、公的証明書ではどうにもならない、というのが世界の現状だ。

DIPLOM DEUTSCH IN JAPAN

URKUNDE

Hiermit wird bescheinigt. dass
Shinjo Sadao
im Herbst 2000
die Prüfung für das Diplom Deutsch in Japan
-Mittelstufe-bestanden hat.

3

ベルリン、おお私のベルリン！　と呼びかけるほどの感激屋ではない。たしか十二年前、東西ドイツの統一後間もなく、この地を踏んでいる。そのせいでもあるまいが、異国の地にあって意外に冷静である。べつに感極まるでも、こころが震えるでもない。むしろのほほんとしている。心が動かない、心が働きようがない。心は静止しているか、さもなくば無。風に委ねる、私の気の向くままではなく、風の気の向くままに。

なんじ目覚めよ、と声がするわけでもない。それでも実務はこなさなければならない。いまの場合、実務とはタクシーに乗り込む、あとは行き先を告げるだけだ。タクシーは雨に煙る都市へ、何があるのか、ないのか、何が起こるか、起こらないのか、いまは何一つわからぬ都市の中心部に向かって走っている。私はタクシーに身を預けながらここテーゲルには例の刑務所があったな、とあらぬことを考えている。

二〇〇三年十月

ローゼンシュトラーセ

ベルリンに来て何日になるか、わからない。昨日の朝、何を食べたかを思い出せないのと同様である。私は旅にあって時間をあまり気にしない。ホテルとその土地を離れる日時だけを押さえておけばいい。住み慣れた土地の風は冷たく、ひとは緊張を強要する。見知らぬ土地の風はからだに馴染む、人はやさしい。故郷は異郷であり、異郷は故郷である、というのが近代の宿運であり、イロニーである。

それでも旅は生活と同じく少しずつ疲労を堆積していく。ひとはいかに生きるかを問いはしない。ただそこに在る。それだけで疲労を重ねていくものだ。どうしても骨休み、中休みが必要になってくる。せいぜいホテルの近辺を足の向くまま歩くことにして、もし体力に余裕があれば、映画でもみるつもりである。

正午過ぎ、カフェ「アインシュタイン」で軽い食事を済ませると、睡魔がやってくる。中腰の椅子にからだを預けて「G線上のアリア」を聞くともなく、聴いている。さて、ままよである。たぶんEuropa Zentrum方面へ、と歩く。映画館Parisの前で立ち止まる。いまどきパリだなんて時代がかっていはしないか、と思わぬでもない。一九二〇年代、ベルリンの黄金時代――じつはアメリカ・ジャズ帝国、パリ・ファション帝国の属国としての――を想い出させる。私は呟く、「ローゼンシュトラーセ」か。はてな、どこかにあった気がする。私の間違いだらけのドイツ語ではバラ通りとなるが、たしかアレクサンダー広場の近くである。よくもまあ、薔薇通りだなんて。美しさの一かけらもない街なみである。むしろ都市の荒廃というか、無用の空間を晒しているだけである。いかなる場所にも物語がある。なにがなにやら分からぬが、私はこの映画を観ることにする。

切符、もはや死後すれすれの線上にある。言い直してもいいが、チケットを買おうとすると、受付の若者が私たち夫婦を日本人とみてか、ドイツ語だけで、字幕は付いていないが、いいか、と言う。なーにベルリンで日本語字幕入りの映画をみようとは思わないよ、とは言わず、ただ相手の過度の親切に苦笑しただけである。

一九四三年、ナチス政権下のベルリン。いまなお実在するローゼンシュトラーセでなにがあったか、私の初級ドイツ語では物語の筋を、複雑に入り組んだ微妙な細部を理解しようもないが、それでもなお映像と音響もまた言語・思想である、と思う。

愛があった、どんな過酷な、惨劇の時代にも愛があった。と言えば気障か。ユダヤの人を愛したドイツの多くの女性がいたことだけは確かである。Geschichte は歴史であり、物語を意味する。この映画に事実から伝説へ、伝説から神話へ、いわば抵抗の神話化をみてとることは易しい。でもそれがどうしたの？　というものだ。

二〇〇三年十月

船遊び

怠惰な、いくらか労働を時代遅れだと思っている節がある私は旅先にあっても、その日の計画を一切の無駄を省くように、合理的に細かく立てはしない。ほとんどその日暮しである。日本の近・現代の思想がヨーロッパ・アメリカ産の輸入・消化にその日暮しをしてきた、という意味ではないが、わたしの日常は言葉通りその日暮しである。ただ、ぼんやりウンター・デン・リンデン通りを歩いている。わが愛読の、いや永遠に未完の『遊歩大全』もホテルに忘れてきている。

それでも私はブランデンブルク門を東に行くと、名にし負うかどうかは知らないが、シュロス橋——旧東ベルリンではカール・マルクス橋と称していたか——に到る。近くにカール・リープクネヒト通りがある、と見当をつけている。生きている者は死ぬ運命にあるが、亡霊は永遠に生き続ける宿命にある、そして世界をさ迷っている。やれやれ、亡霊だってしんどいのである、とマルクスが言ったか、どうかを知らない。

川が流れている。シュプレー川であるか、その支流か運河であるが、私にはどうでもいい。その上、一九一七年、ローザ・ルクセンブルクが自らの思想の故に虐殺され、投げ棄てられた川であるか、どうかもいまは問わない。世界中の都市を流れるありとあらゆる川は人間を生身で、ときに死体で放り投げ、さらに時にはだが、後世の人から聖遺物として信仰の対象にならないように灰にしてばら撒くためにある、と言ってもいいほどである。

遊覧船が停まっている。私なら屋台船というが、ドイツ語でいえば、きっと人を叱りつけるような強迫的な音声になる、とはいくらなんでも偏見である。ドイツ語が世界で最も美しい言語であるとは思わぬが、もしドイツ語に威嚇的な響きを感じるとすれば、それはアメリカの国策映画――ドイツ＝悪、アメリカ＝善のパターン――の残響である。国家意志はハリウッドの娯楽映画を通して貫かれている。

ガイドは私に比べれば若いが、それでももう十分に生活上の知恵、むろん狡知を含めてだが、を持ち合わせている。所詮、生活は疲労の堆積だが、この若い男はすでに疲弊している。観光客の受けに入ろうとする努力、いくらかワイ談というか下半身話を含む冗談、十数年も前に地に落ちた権力者・ホーネッカーにさらに泥を塗りたくっている。何が面白いのか、ドイツ人観光客が笑っている。だが彼のユーモアには生彩さが欠けている。

私は水の上を過ぎていく光景を眺めている。発展途上の荒廃と言うか、文明の末路と言うか、物たちが醜い残骸を晒しているが、それでもなおベルリンでは醜悪なものでさえ美しい、と誰かが言ったような気がする。さもなければ十年前の私がか。当時、解放のベルリン、歓喜のベルリンは世紀末であった。

二〇〇三年十月

幻のカフェ

風が動かない、この人工の、巨大都市ベルリンのど真ん中がまるで台風の目に入ったかのように動かない。都市は危機か、緊張か、犯罪か、そして圧倒的に怠惰かを孕んでいる。いずれをも同時に潜ませて静まっている。それでも街路樹の木の葉が揺れるか、揺れぬか分からない程度に空気が動く、と私のからだをひんやりとした心地よい戦慄が走る。秋もだいぶ深まっている。

私はヴィッテンベルク広場でバスを降りる。見上げるとベルリン最大のデパートが立っている。KaDeWeである。西ベルリンの自由と繁栄の象徴でもある。象徴には気をつけるがいい、うそが混ざっている。政治は嘘を含むものだ。かつて、そこにあふれる商品の質と量に東ドイツの人びとが憎悪に近い羨望の目を向けたか、どうかは時と場所を異にして生きてきた私には知り様がない。知ったとて詮ないことである。ただライプチヒの自由と民主主義を求める日曜ごとのデモンストラチオーンが旧社会主義の崩壊を決定したとみるのは大きな錯覚である。社会主義がこのKaDeWeに溢れる食品やぜいたく品を保障し得なかっただけである。贅沢は敵か?

私は世界の不幸を担い様がないし、世界もまたわたしの受苦を、肉中の棘を担いようがない。苦悩は個々べつべつで誰かによって代ることができない。

いつもなら私はKaDeWe地下の食品売り場で二、三の果物となんともごつごつしたパンを買うか、最上階のレストランで夕食をとるのだが、それももうどこかの盛り場で済ませている。あとはホテルまで数分歩き、フロントでグーテンかグーテなんとか言って鍵を受け取ればいいのだが、私は依然として立っている。なにをするでもなく、何をしないでもなく。

朧げながら浮かんでくる映像がある。ヴィッテンベルク広場にやや近くカフェ Geisha があり、その界隈には俗に夜の天使と呼ばれる女性たちが出没する。第一次世界大戦の落し子である。Wollen Sie mich?　アタシガ欲シイ?　と寄ってくる。体臭を消すかのように香水の匂いがきつい。Mich を Milch と聞き違える日本からの留学生がいる。まあ、それほどの勘ちがいではない。ミルクはたしか女性名詞である。彼らが大正教養主義の哲学者であるか、どうかは私の関知する所ではない。ついでに言えば私は二十歳前後、阿部次郎『三太郎の日記』を読んでいる。旧制高校生並の読書である。

私はあたりを見わたす。がいま例の遅まきながらの異国の、東洋趣味の、ヤポニズムの夜の紳士・淑女版カフェ Geisha はどこにもない。誰かに尋ね様にも怪訝な顔をされるだけだ。現実にないものは幻想としても存在し様がない。

二〇〇三年十月

ベルリンの局外者

私は旅の者、単に擦過するものにすぎない。いわば局外に在る者として、からだは重く、こころは二重の意味で軽い（軽快と軽薄）。ベルリンに、いや何処にも根をおろした者ではない。この都市の歴史や運命に、ことに惨劇にかかわりがあるわけではない。ましてや責任など負うわけでもない。誰かが世界の負荷性と呼ぶかも知れないが、私には担い様がない。ベルリンは通り過ぎるものに対して、限りなく優しい。決して当事者にはなりえない者への思いやり、いや冷やかさではあろうが、それでもなお私は都市のど真ん中で孤独であることの自由を享受する。と同時に、自由であることの寂寥感。ひとは自分の感情から逃れようがない。

ベルリンに何らかの用があってやって来たわけではない。この世に、ましてやあの世にも無用な私が飛行機を乗り継いで——東京発チューリヒ経由ベルリン行——までドイツの首都を訪ねなければならぬ理由などありはしない。異郷への憧れか、私はそれほどのロマンティストではない。旅への抑えがたい衝動か、そんな訳のわからぬ内的な力がこの初老の男にあるとも思えない。

私は内部を注視しない。内部は混沌、泥沼でよく視えない。ただ外界からの目や耳を通して送られる信号を受け取るだけである。とはいえ、さほどの緊急・必然性もなく、歴史の、あるいは不幸と幸福の、悲劇と喜劇の現場へ足を運ぶ好奇心だらけの現場主義者ではない。中世のすぐれたルポルタージュ文学の描写する鴨川に浮かぶ死体を一つ二つ数えてゆく執心を持ち合わせていない。私がいま・在る・ここが現場であって、いまさら現場を求めることもあるまい。とはいえ、私は、と不用意に書くが、それはわたしと同一であるか、私とわたしの間には微妙な相違・揺れ・異和があるに違いない。確固たるアイデンティティなどありはしない。おのれにかえるに帰るべき自己がない。はて、ここはどこ？

ホテルだけは確保している。なんとかなることはない。地球がひっくり返ってもなるように成ることはない、むしろならないように成る。と覚悟している。私の最小限度の危機意識である。あとは大雑把で、何らかの事態に遭遇する場合、本能的な生命維持装置が機能するか、どうかにかかっている。ただその本能を信じてはいない。

宿を出る。天上はるか遠くからではないが、木の葉が落ちてくる。降ってくる。ときに風に舞う、金色にきらめきながら。葉裏を見せながら。さらさら、ざらざら、かさかさ、がさがさ、ともつかぬ音を立てている。私は落ち葉で敷きつめられた舗道を歩いている。どこへ向かうか、向かうべきか。どこ吹く風に聴いたって答えはない。要するに永遠の未決定。べつに運命論者ではないが、ひと夫々に運命はある、と思う。

二〇〇三年十月

ベルリンっ子の資格

とある秋の日の夕暮れ、と書く。あれ、芥川風ではないか、と考えたりする。傷はからだのであれ、こころのであれ、消える。が書いたものは消せない。恥を消す消しゴムはない。私はクーアフュルステンダムの停留所に立っている。大都市ベルリンに昼でも夜でもなく、明るくも暗くもなく、ただ淡く、やわらかい夕暮れがあるか、どうか判然としない。都市では昼夜を分かたず、漆黒の闇はない。イマヌエル・カントの定言命法のごとく灯はともらねばならぬ、と厳格に命じている。──「汝の意志の格率が常に同時に普遍的立法として妥当するように行為せよ」──まあ、なんとも息苦しい命令であることか、私は逃げ出したくなる。個別の世界へ、私の寝室へ。

バスを待っているのか、いないのか。目の前に表示板があり、行き先と時刻が書かれているが、時間を確認しようともしない。十分後であれ、三十分後であれ、私の将来に、ましてや世界の運命にかかわりがあるでなし。ぼんやり立っている。いま眼の前で世界が亡ぼうと、ただひとの往来を眺めているだけである。私はいつ起こるかも知れぬ事態に備えて覚悟などしない。日本人の覚悟、西洋人の実存など、その嘘っぽさ、虚仮おどしに息が詰まるほどだ。

バスがくる。乗り込もうとすると、いきなり背後からドイツ語が降ってくる。ここはドイツだ、当たり前である。振り向くと、R・Wagner の楽劇から抜け出てきたような金髪のすらっとした女性である。まだ若い、とまではいえないが、その残影を保っている。私はここで金髪の令嬢とは言わない。ましてや金髪の野獣だなんて、口が裂けても言えない。ああ、つい口を滑らせたか。

ちらっと見上げる私に「このバス、ヴィッテンベルク広場に行くの？」と聞く。平然と、ごく当たり前に。滞在四〜五日もたっていない異国の者に行き先を聞くベルリンっ子がいるものかと訝ったが、なにもどこかの言語能力の疑わしい——むろん私は自分のことを棚に上げて言うのだが——首相のような変な人でもない。

なにしろJ・F・ケネディもベルリンにつくや否や「Ich bin Berliner」と言ったらしい。なら私だって立派にベルリンっ子の資格があるというものだ。都市は、ありとあらゆる人びとをのみ込む、というより受け入れる。ベルリンは残酷にして寛大な優しさに満ちている。

ヴィッテンベルク？　私は女性の言葉を反芻する。どこかで聞いた気がする。同じ方向ではないか、と気づいた時にはもう遅い。人生もまた。いや人生は流れる、気づきもしないうちに。一瞬、女性はバスに踏み込んでいる。慌ててうしろに続く。目の前に、というか鼻の先にたおやかな臀部がある。

二〇〇三年

ヨーロッパ特急で

スイスのチューリヒがドイツ語圏であることは知っていたが、今回の旅の予定地にそこはない。東京発フランクフルト行。そこからドイツの主要都市、ウィーンを加えてもいいが、を訪ねる、というより都市から都市への列車の旅を楽しめばいい、そんな気楽な、のほほんとした旅である。のほほん、おそらく宗教語では自在と言う。

旅の日程、せいぜいホテルを確保する程度だが、を適当にこなし、わが快楽の地獄めぐりも終わりに近づきつつあったが、ひょんなことからチューリヒをめざすことにする。私は旅でハプニングが起これば、それに従う。その場で予定を変えるのに躊躇しない。そもそも予定がないに等しい。

十一時、ベルリン発フランクフルト行に乗り込んだのが、運のつきであったのか、好都合であったのかは分からない。ヨーロッパ特別急行であることに気づいたのは小一時間程してからである。私はさほどのロマンティストではないし、ジェリー藤尾でもないが、できるだけ遠くへ行きたい、と思ったとしても不思議ではない。なーにヨーロッパ乗り放題のパスだ、使わぬ手はない。相当に欲深いのである。なにしろ食い放題のバイキングともなればこれでもかこれでもかと言わんばかりにあれやこれや胃袋に詰め込む方である。

ホテルはとれるか、まず予約の電話を入れねばならぬが、何回ダイヤルを回しても「不可能」ときたものだ。国際列車で国際電話がUnmöglichなんて、そんな馬鹿な、とは思わない。ここはまだ旧東ドイツなのだ、と気づく。向かいのビジネスマン風の男に聞くとフルダからなら通話可能だという。フルダ、聞いた覚えがある土地の名前である。どこであったか、とっくに忘れたが、約四十年前、一九六一年頃である。

ようやくホテルを確保する。あとはやや西寄りに南下する列車にからだを預けておけばいい。マンハイム、カールスルーエを過ぎ、バーゼルに入る。役人がやって来て、パスポートの提示を求める。永世中立国スイスはフリー・パスではないのだ、と気づく。ひとは国境を目ざす。が国家を超え様がない。現に私は日本国民であることを証明する国家の保証書を所持している。どう足掻いてももがいても国家の内に在る。

外はすっかり夜である。私はいくらか感傷家ではあるが、ああ、おれはここまでやってきたのか、極東の小島から。とも思わないし、ましてや日本浪漫派の詩——まだ山科は過ぎずや、それとも、ふらんすはあまりに遠し——を口ずさんでもいない。ただ、窓の外の点滅する夜の風景を眺めている。このまま順調に行けばだが、それが滅多にないのだが、私は明日の昼さがり、チューリヒのみずうみの畔を歩いていることになる。初秋の風にからだを晒していること、ほとんど確実である。

二〇〇二年十月

とある岬で

五月も末日である。私はサイパン島の北部の、とある岬に立っている。サイパン、漢字で彩帆とも書く。嘗ては歪な帝国・大日本の信託統治下にあり、いわば私はどうしようもなく、植民地で生まれ、そこで幼児期を過ごしたことになる。昭和十三年、この年は記憶されていい。なにしろ戦前の南洋は楽園であったと懐旧の情で語る人たちの証言がある。本国で、いや沖縄での食いはぐれの、怠け者どもが島にやってきた年だ、と。父と母もその中に含まれる。同年十二月、私が生まれる。中国大陸では戦争が始まっている。無論、政府は戦争ではなく、事変である、と発表する。

太陽は太古よりこの方、赤道にやや近い、小さな島に灼熱の光を浴びせている。時折、背後の、そう高くもない山が陰る。と忽ち雨がやって来て去っていく。いわゆる熱帯特有の驟雨である。私には幼児期の記憶がほとんどない、というより自らの記憶に信を置いていないが、それでも不意に襲ってくる雨にやや汗ばむ身体を晒す爽やかな気分、これはとおい遠い昔の感覚そのままである。やはり、感覚だけは信じるに足るのである。

完璧に晴れ渡る空。海岸はコート・ダジュールの海より青いか、どうかは知らない。紺青というか、俗に言うコバルト・ブルーである。その海の色を映して空は日本で言う空色より青い。もっと混ざり気のない、明晰な青だ。東京に空があるか、どうかを別として、いつも不透明に淀んでいるニッポン晴れ、五月晴れ。

　突然、男が駆けだす、初老の男である。隆起した珊瑚礁でできた、ごつごつした岩石の上を、とぎによろけながら駆けていく。私は太陽の燦として輝く光の中を遠ざかる男のうしろ姿をただ視ているだけである。男は永遠に寂しい。うしろ姿に限らない。崖下に波が白く玉と砕け、華と散っている。やはり玉砕はあった、散華もあったのである。時代の病の思想としてではなく、まさに事実として。

　私はそれほど楽しい人生を送ってきたとも、これからもそれはあり得るとは思えない男に、この岬でどんな物語があったのか知らない。知ろうとも思わない。知ったとて詮ないことである。男がおのれの家族の物語をしないとは言えないが、それでも世の語り部たち――稗田阿礼以来、女性に多い――のなめらかな語り口でないことだけは確かである。男の口は重い。視ている私は見られている男でもある。

　六十年前、一九四四年七月、男はその家族もまた南の島の北の岬に立っていた。目の前に広がるフィリピン海の青い深淵は数千m、富士山がゆうに沈む深さにある。美を視てしまった人は死なねばならぬが、ならば深淵を覗いてしまった人は生きねばならない。男は岬を後ずさりしただけである。

二〇〇四年六月

山の頂で

私はサイパンの一番高い山の頂にいる。およそ四七六mである。海深数千mのフィリピン海に沈めると青い深淵の底の底におさまる筈である。沖縄でいえば宮古島ほどの小さな島のもっとも高い山・タポチョの頂にいる。そしてガラパンの町はむろん、島全体、さらにテニアン島を一望する。

山上からの眺め。それは母にとって懐かしく、妻にとって美しい。だが、私は国見をすれば、国原は煙立ち立つ、海原はかまめ立ち立つ、なんていう立場にない。荒れるがままに放置された飛行場跡——帝国の残骸——に目をやって、夏草や兵どもが夢のあと、むざんやな甲の下のきりぎりす、とか嘯く気もない。ただ風景を享受すればいい、風にからだを晒せばいいだけである。男はいくらか享楽者である。

一九四四年、いまから六十年前、この島で何があったたか、どんな惨劇が行われたか、国家によって。そんなことはどうでもいい、と言えばきっと賢い、私はさかしらな、と同じ意味で言っているのだが、歴史から教訓を学ぶ、学ばねばならぬとする人びと——世論というか、新聞やテレビを味方にした、ごまんといる良識派・誠実派——から総批判をくらうに違いない。ままよ、である。気違い——これって差別用語？　——にナイフを、というが、なーに人間に言葉を持たせたら、どんな言い掛かりだってつけるものだ。そしてその言い掛かりは断固たる正当性を持っている。民主主義って厄介である。

　私はどこかの大統領の言葉、過去に目を閉ざす者は、現在にも盲目となる、を多くの教訓学派に反して金科玉条とする気はない。むしろ偽善を感じてしまうほどである。いかなる体験も一回限りで、伝達不可能である。そこから教訓など引き出しようがない。おそらく、いや確実にだが、ヴァイツゼッカーはドイツの過去のユダヤ人狩りの責任、その犯罪をアドルフ・ヒットラーに帰し、国民には責任がない、国民は無罪である、としたいだけである。かくてドイツ人は潔白になる。ドイツ人の、または国家の反省とはこの程度のもので、敗戦直後の日本人の、または国家の経験済みである。

　一杯の紅茶にマドレーヌをひたすとよみがえる記憶がある（マルセル・プルースト）。だが、私には幼児期の甘美な記憶がない。そしてあの日の惨劇の記憶もない。体験と呼べるほどのものがないし、それを語りようもないのである。というより、ひとは記憶を捏造せずには、あるいは消さずには生きられない。だが、記憶を消す消しゴムはない。

　俄かに雨がやって来て、通り過ぎる。風が濡れたからだをさっと吹き抜ける。おそらく眼下の町・ガラパンからみれば、この頂点にイエス・キリスト像を戴く山は灰白色に煙っている。

二〇〇四年六月

サイパンに来て三日が過ぎる。公務（サイパン・テニアン現地慰霊祭）というか――集団の仕事、役割六十歳を過ぎてなおあればの話だが――をすべておわる。あとはおのずからに在る。ひねもすホテルのテラスから海を眺めていようが、いなかろうが、随意である。おだやかな海。船が浮かんでいる。やはり歪な帝国大日本にかわる、威信を失いつつあるとはいえ、アメリカの太平洋艦隊の一隻である。アメリカ、おお、アメリカ。この国家は戦争のときだけ輝く。それともハリウッド映画の中だけ。

別のすごし方もある。現代人は時間を浪費する。工場やオフィスでの勤務、居酒屋での泡盛、家族との団欒、諸々の趣味、健康づくりの散歩。すべてが有益、必要で、しかも時間の無駄づかいである。これって時間の浪費ではないか、と疑う者はなぜか奇人である。何もないことの無為の時間が無い。

さて、とタクシーを拾って、「ロシアン・ルーレット」にいくか、行かないか、こちらの勝手である。プーチンのロシアは赤道にやや近い小島にまで南下したか、と変に感嘆してもいい。ただ、私は賭けごとをしない。一九六〇年代の初め、年齢にして二十歳前後の一時期、一敗地に塗れている。

ホテルの日本料理は値段が高く、味はまずい、といまや定説になっている。オーナーだけが気づいていないか、気づいていながら気づかないふりをする。立原正秋なら怒り心頭にくる所だが、私は冷静である。というより、こんなの食えるかよ、人間の餌でもあるまいし、とべらんめぇ口が叩けないだけで、いくらか臆病な紳士である。

散歩がてらに近くのレストランと言うか、大衆食堂と言うかに入ることにする。ほどほどの客の出入りである。良くも悪くもないのであろう。地元の人か、フィリピンや中国、韓国からの出稼ぎ人か、それに加えて私たちの仲間もいる。旅に在るからといって気持ちを大きくすることも小さくすることもない。質素でもなく、贅沢でもない程度に注文をすればいいだけだ。

食事を始めて間もなく、電気が停まる、クーラーが効かない。よくあることらしいが、それにしてもむさ苦しく、人いきれがする。我慢の限度を超えたのか、客が席を立つ。金を払わず、ぞろぞろと出ていく。無銭飲食は罪ではあるが、この場合、それをしないのは間抜けである、とキリスト教の国では考える。残念ながら私はひとと人の「間」の文化圏に属する。「和」の文化圏とも言う。

世界に冠たる資本主義の殿堂・ニューヨークで停電すると、略奪・強盗・殺人その他あらゆる犯罪の見本市になるが、それが人類というものである。「類としての存在」をあまり高く買いかぶらないことだ。

二〇〇四年

サン・ピエトロ大聖堂で

サン・ピエトロ大聖堂がキリスト教最大の教会であるか、どうかは私の関知することではない。ただその天辺——クーポラの屋上のテラス——からローマ市内とヴァチカン市国を一望すればいい。迂闊というか、身の程知らずというか、エレヴェーターがあるというのに、およそ一三六mの階段を上がることにする。人一人がすれ違うのがやっとの狭く、勾配の急な階段を一歩一歩踏みしめながら登る。途中、引き返そうかと思う。と若い女性が声をかける。もう、すぐですよ。でやり直す。現金なものである。というか元気の素である。ようやく命からがら世界の——カトリックのか——頂点に達したのである。それにしてもやはりだが、近日、その代償——背景に輝が入っているとかの——を払わねばなるまい。

天気は上々とはいかないが、まあ好い方である。都会の空が雲一つなく、青く澄んでいる、と言えばまったく嘘になる。やはり視界は灰白色に霞んでいる。心が動くでもなく、動かぬでもなく、目の映す風景をぼんやり眺めている。何ごともぼんやりで、とある風景に接して、詩的霊感を受ける、なんて天地がひっくり返ってもない。宇宙の神秘を思考することもない。どだい、思考される神秘とは言語矛盾である。

中年の夫婦がいる。あるいは単に偽装しているだけかも知れない。男は短身で、ぶよぶよした体をしている。きっと扁平足である。額に細い紐を巻いている。一九六〇年代後半の hippie 族の末裔か、それとも中年男の先祖返りか、よく分からぬ。女は日本人の標準的な体躯をしている。それだけからだを細く見せている。新婚らしい夫婦と車座になって座っている。男は聞かれもしないのにローマの大学で教えている、という。やはり聞かれもしないのに広く、浅くね、と言う。数日前、ヴェネツィアのサン・マルコ広場でまったく同じことを言っていた夫婦である。にっぽん人が日本人を相手にしてどうするの、という気持ちがないでもないが、まあ、人それぞれではある。

この種の日本人を一九六〇年代にも、私の生まれる以前の一九二〇年代にも見たような気がする。多くの都市ベルリン・パリ・ロンドン・ローマには知識人を兼ねた大陸浪人——なんともレトロなイマージュである——が観光客を相手にヨーロッパ学の夜店を開いていたような気がするが、記憶違いであればいい。未生以前の記憶には責任の取り様がない。

旅をするとはこの身にまとわりつく一切を、とまではいかないが、少なからず隠す・捨てる・消す・いわば匿名の世界に身を置くことである。存在自体が虚構である。一瞬、幻を視るだけである。私はミケランジェロの「ピエタ」の前に立っている。冷やかで美しいが、気持ちがいいとは言えない。通り過ぎるものとして立ち去るだけである。

二〇〇五年五月

ヴェネツィアの若者

歴史や考古学でいう程の時代には属しないが、十年一昔という尺度でなら昔だが、ヴェネツィアを訪れたことがある。本島ヴェネト州側をいよいよ離れ、ヴェネツィアに向かう列車から必ずしも美しくはなく、むしろ殺伐とした干潟の風景を目にしている。何を製造するかは知らぬが、時間の浸食作用によって、いずれ廃墟となる工場が立っている。おそらくイタリアも経済成長期を経験したのである。そのうち、サンタ・ルチア駅に着く。例のキャサリン・ヘップバーンが傷心のアメリカ女性を演ずる「旅情」の舞台である。私はサンタ・ルチアね、と復唱するように呟く。

今回はミラーノ発ヴェローナ経由ヴェネツィア行のバス旅行である。ローマ広場——とすればローマにはヴェネツィア広場がある——でバスを降りると、現地スタッフというか、ガイドというか若い男が待っている。むろん、日本語に精通し、流暢に話す。ただ、この青年は詩人にはなれない、またはならない。詩人とはことばに躓く者の謂いだ。私の知っているイタリア語の Grazie と、Mi scusi だけである。よくも言葉も知らずにやって来たものだ、と思ってもいいし、思わないでもいい。

水上タクシーは小さな水路を曲がり、これまた小さな橋の下をくぐり抜けながらホテル「モンテ・カルロ」に向かう。賭博場があるか、どうかは知らない。男はバブル——水ぶくれ経済——の頃、日本の大学で経済学を学んだが、いまは文化に興味がある、と言う。おそらく本当である。経済が破綻するとき、ひとはみずからの生の根拠を、足軸を文化に移す。一つの定型である。

嘘半分、本当半分というのが人生であり――たかが六十有余年を生きただけで人生なんておこがましい限りである――それでその人柄、難しく言えば人格は均衡を保っているのであれば、私は男の言葉をなかば信じ、半ば信じていないのである。いつも半信半疑で他人の言葉を丸ごと受け入れることはない。

世間話をする。よもやま話に自己責任なんてない。一瞬、男の顔が赤らむ、というか朱がさす。愚にもつかぬ問いには愚にもつかぬ答えをすればいい。問いの質は答えの質を決定する――Xの定理――まともに応じようとして答えに詰まる。私は男の羞恥心を視てしまったのである。なんとも初心な、純な危うさに在る、と思う。

ヴェネツィアにヴェネツィアっ子はいるか、いるとしてもサン・マルコ広場の鳩の数を上回ることはないらしい。この、いつの日か、どこかの大学で日本語教師として定職につくであろう若者も本島側に住んでいる。なはに那覇っ子はいるか、いるとしてもインターナショナル・ストリートのトゥリスタの数を上回ることはない。

二〇〇五年五月

ミラーノで風邪を

今回のイタリアへの旅では風邪の兆しがなかったわけではないが、ミラーノに着くや否やそれが現実のものとなる。悪寒と熱と咳、もはや疑いようもない症状を呈したのである。ティファニーで紅茶を、まさか。世界のど真ん中、誰一人知る人のいない都市で——ミラーノの人にはミラーノが、那覇の人には那覇が世界の中心である——我が家だけの帝王は御風邪を召したのである。慢性頭痛に悩んでいる者としてはそれがないのがせめてもの幸いである。

旅行中、ほとんど開きもしない「一人歩きのイタリア語」を持っているが、いつでも二人歩きである。私は妻のことを何と呼んだらいいいか、分からない。カタカナ語では鼻にかかった、甘ったるい声になるが、それは措くとして家内、家のやつ・家妻・同伴者・秘書。どちらもぎこちない。しいて言えば、一緒にいる人である。妻が保険会社に電話をかけている。てきぱきとはいかないが、それほどうろたえてもいない。明日、その指示に従って病院に行くことにする。

タクシーを拾う。おそらくもぐりであろうが、いまは構わない。紙切れにクリニック名と場所を書いて渡す。さほど遠くはなく、料金も異を唱えるほどではない。十年ひと昔のローマの運転手に比べれば、なんとも良心的であるが、金儲けは下手である。ユリウス・カエサルの帝国、その首都ローマでは観光客からならぼったくってもいい、という法律があるのか、よくこの手合いに会うはずだ。なーにローマに限るまい。今日、世界に冠たる資本主義が騙す、脅すテクニックを抜きにして成り立つとも思えない。釣銭はいらない、と手で示して、車をおりる。Grazie と男が言ったか、どうかは聞いていない。

日本人の女性医師である。四十代半ばかな、と推測するが、私の女性を見る目はほとんど信ずるに足りない。黒く長い髪をうしろに束ねている。レントゲンを撮る。得体の知れない何かを見つけたらしい、幼児期に受けた体の棘を。トラウマになっているか、当人には分からない。いくらなんでもまさかである。厳命ではないが、まあ、薬を飲んで安静に、ということである。医師には忠実である私は飲んで寝る、起きては食べる、そして飲んで寝る。何のことはない、いつもと同じである。ただ、酒と薬が入れ代っただけである。

ベッドに横たわっていると、いろいろ雑多な想念が浮かぶ。一九六二年四月三日、パリに死んだのは椎名の誰だったか、と愚にもつかぬことを考えたりする。やはり旅に病んでいると、夢は、しばしば悪夢だが、ロンバルディアの春野をだって駆けめぐるのである。

私は昨夜の不安をけろっと忘れている。旺盛な食欲を前にして。食いしん坊を通り越して、ほとんど餓鬼である。

二〇〇五年五月

インフォルマツィオーンで

ドイツの中西部ケルンは昨日に続いてやはり雨である。春雨だ、濡れて帰ろう、という気にはなれないが、さりとて嫌になってしまう、というほどでもない。私はたぶんに身の程知らずではあるが、さりとてこちらの都合や好き嫌いによって天気を晴れ、のち曇りもしくは雨、あるいはその逆にしたりすることはない。私の関与する余地はない、と弁えている。つまり私はいがいに身の程を知っているのかも知れない。

ケルン滞在はたかだか三泊四日ほどにすぎず、私のドイツ語会話の仲間によれば、さして感動を覚える都市でもなさそうなのだが、まあ人生にさほどの感動がざらにころがっているはずもない、とこれまた弁えている。旅に目的があるでなく、私は今回も至福の旅人たる気はない。いかなるトラベルになるか、いかなるトラブルに遭うかは当の本人にはわからない。ましてや本人ならぬ神にをや。

旅の大義名分を探せば探せぬでもないが、名にし負うか、どうかは知らぬが、ゴシックの大聖堂ではなく、これまた名にし負うか、どうかはわからぬが、オ・デ・コロンでもない。もっと単純というか、明解というか、私はライン川を見ればいい、ライン川に沿って歩けばいいだけで、ケルンをめざして来たにすぎない。むろん私にはM・ハイデガー並の語源詮索癖はないし、なによりも語源能力に欠けているので、ケルン——コロン——コロニアリスムスをつなぎ合わせて歴史の連想ゲームをする気もない。

中央駅構内で傘を買う。広場に出る、と左前方に大聖堂がそびえ立っている。威風堂々というか、私には雨にくすんでいる、きっと晴れの日は排気ガスにくすんでいる、としか言いようがない。とはいえ、私の気持ちが重いのではない。むしろ逆である。私は軽快に水たまりを跨いでいる（はずである）。

インフォルマツィオーンに入って、順番を待つ。待つ間もなく私はカウンターを挟んで若い女性と対面する。カウンターは高く、しかも女性はやや高い椅子に腰掛けている。私は見上げるように、女性は見下ろすように対応し合う。目の高さに女性の膨よかな丘陵が在る。私は目に見えないものは見ないが、視えるものは視る。損得なしに視るのである。

レントゲンがひとの心を透視するように、心電図は心の動きを暴き出す。もはやひとは内奥の秘密を持ちえない。私のからだのうちに呼び起こした甘美で、異様な感覚。それは覗かれている、というより外に向かって開かれてある。

二〇〇七年　春

ざわめく森

ドイツの森がざわざわざわついている。さわさわ騒いでいる。南西部のフランス、スイスとの国境に近い黒い森＝Schwarzwaldではない。その反対側・北東部のロストック近辺の森がである。広葉樹の梢を揺らす風、葉の群れが音を立てている。と私の心臓もどきどき、むくむく痛む。波打つ。十数年来の宿痾である。東アジアからの旅行者のほとんどが訪れる気もない海港都市ロストックで八カ国首脳会議（俗にサミット）が開かれる。日本からは安倍首相が出席する。

ここケルンからハンブルクで乗り換えてロストックまで七、八時間をかければ着くはずである。私は好奇心が強い、というより好奇心だらけの人間だが、それでも警備の網の目を潜ってサミットの開催地を訪れようとは思わない。ロストックは第二次大戦中、勇名か悪名を馳せたUボートの海軍基地にすぎず、よほどのお宅族でない限り興味を引く、魅力ある都市でもあるまい、と勝手に決めている。まあ、ラインワイン、たしかヘッセンと言ったっけ、を飲んでいるのが似合うというものだ。

「ホテル・ケーニッヒスホーフ」は例のゴシック様式の代表、大聖堂のやや左前方一五〇mほどの所にある。Königという名称のわりには簡素で飾りっけのない、しかし清潔な部屋ではある。むろんHofは宮廷ではなく「＊＊旅館」という程度の意味にすぎまい。ここが私のケルン滞在三日間の根城となるはずである。

テレビをつける。テレビを日本語でなんというか分からない。度忘れしているか、もともと明晰ならぬ私の脳には入力されていないか、いずれかである。中国語なら電力映像かな、とあらぬことを考える。依然、ドイツの森が揺れている、ゆさゆさゆさ。首脳会議に反対する、グローバリズムが地球的規模での収奪の体系、K・マルクス風には資本の自己増殖運動であるか、どうかをいまは問わない。右派や左派、黒いグループは市街地に入ることを阻まれている。いくつかの、どのような組織か分からないが、森や林道に宿泊し、集会を開いている。あちらから、こちらから怒号がひびく。

つけたしの、まるで付録かのように日本の政治家松岡利勝の自殺を伝えている。テレビが素っ気ないように、私もまたなんの感興もなく、ああ、そう、と思っただけである。現職の農林水産大臣。であるが故にだが、少年期に不幸な生い立ちをしたに違いない。国家には自動延命装置がある。国家理性の、国家意志の作用としての松岡の死である。日本人の場合、国家意志は一木一草に到るまで貫く。

カーテンを少し開ける。雨が小降りに続いている。男が通る、女が通る。やはりひとの歩く風景は寂しい。明日もきっと雨である。春は雨の季節。

二〇〇七年五月

プルトゥガールへの旅　I　那覇発成田行

別に用事があるわけでもない。なぜプルトゥガール（以下、わたしの耳に聞こえるように表記する）なのか、私は自らに疑問を呈し、自らに答えようとする。がなぜ他の国ではなく、プルトゥガールなのか、理屈を立てようと思えば出来ぬでもないが、その理屈が成り立つか、どうかわかりはしない。ならば答えもない。いわば思考の沼地に嵌まるだけで、私は身動きがとれない。ひょんなことでとしか言い様がない。私は、と不用意に書くが、そもそも私は誰であるか？　やはり答えはない。いや、百の答えがあり、それは百のそれぞれの真実ではあるが、一つとて事実ではない、と言いなおすべきか。私が在る、ということも事実としては疑わしい。

極東のこの小さな島から外国へ旅立つ場合、那覇発羽田経由成田行となるが、それでも一便か二便ではあるが、羽田を省略して直接成田行がないでもない。国際線乗り継ぎのためである。旅行者の女性が、七十歳、ようやく老耄に達した男とその妻のために、羽田・成田間のリムジン・バスの費用を浮かせるよう取り図ったか、どうかは知らない。

十二時三十分、那覇発成田行に乗り込む。空席はほとんどない。その上、私はわたしの一倍半位の男たちに囲まれている。乗客の九割ほどがアメリカ人で、私はその他の余りであるが、さして支障はない。まあ、二、三時間、眠れればいい。そして私は何処でも眠る。

短く刈り上げた髪、がっしりした体躯。バスケット選手とまではいかないが、それを夢み、趣味としていた若者もいるに違いない。ヴェトナム帰休兵。私はその言葉を音声になる一歩手前で封印する。もしその言葉を一瞬にして飲み込まなければ、私は本物の――まあ、ほとんど近いが――狂人である。それにしてもアフガニスタンをヴェトナムと言い違えるなど、わたしの世代の、というより私の愚かさを示している。

アメリカに徴兵制はない、それを必要としない。なにしろ世界第一の経済大国であり、と同時に貧困率も世界第一である。日本と中国が二位、三位を競っている。貧困が、しかも計画的に作り出された貧困が存在する。これらの国では志願兵を自由に募る。人びとは応募するか、しないかは自由である。が除隊の自由はない。

二〇〇九年十一月五日。昨日、テキサス州の陸軍基地で精神科軍医が銃を乱射。十三人が死亡、三十人が負傷する。バラク・オバマは事件の全容解明を約束する。が彼は精神科医が精神を病んだのだ、と週刊誌風に決着するしかない。アメリカの病を暴くからである。神は偉大なりとニダル・マリク・ハサンは叫んだ、と司令官は語るが、周囲の兵士にも聞こえたか、どうかは確認されていない。

私の旅、プルトゥガールはまだはっきりした形・姿を視せていない。

二〇〇九年　秋

プルトゥガールへの旅　Ⅱ　青きアフガニスタン

私は那覇発成田のＡＮＡ機中で多少なりとも袖触れ合うも多生の縁にあったのだが、アメリカの、私服ではあるが、明らかに兵士と空港で別れる。彼らは別の通路を背中を見せて去ってゆく。さらば、良き敵にして悪しき友よ。と言わねばならぬか。おそらくアメリカ本国でクリスマス休暇を家族や恋人、その他見知らぬ人と過ごすことになる。あるいは独りニューヨークのレストランで。大統領から兵士達へのプレゼントである。

そしてバラク・オバマは――この男の肩書きはいくらでもある。世界最大の権力者、ノーベル平和賞の受賞者、その他。私は世界最強の傭兵隊長と呼ぶ。事実、彼のしなやかな肉体と流暢な弁舌は傭兵隊長に相応しい。ルネサンス期の傭兵隊長チェーザレ・ボルジアと同じ運命をたどるか、どうか。私は占い師でないし、二人の性格や出自も時代の質も違うので関知するところではない――数週間あるいは数カ月後、この兵士たちをアジアの土地へ、イラク・アフガニスタン・イエメンの戦場に送る。そしてアジアの民を殺害せよと命ずる。国家はこの殺害という言葉を昂然と使う。マスメディアもまた追従する。輿論はいざ知らず、世論は時代の怪物、マスメディアに訓育されている。この関係は一方向的とはかぎらない。むしろ双方向的である。

アメリカ軍兵士は完全重武装をしている。が行動を共にするアフガニスタン政府軍・警察の武器はターリバーンの置き去りにした武器に劣る。政府軍兵士の給料はターリバーンのそれより安い。その兵器をくれ、それでターリバーンと戦う、と要望する。がアメリカ軍は拒否する。その銃口が自己に向けられる、と恐れているのか、それともアフガニスタン政府軍・警察はターリバーンから身を守る盾にすぎないのか、私の知るところではない。

イラクには石油がある。Ｊ・Ｗ・ブッシュの戦争を支持した日本もその分け前に与って、石油の採掘権を獲得しているに違いない。アフガニスタンは貧しい？　これまた豊富な、手つかずの地下資源——鉄・クロム・銅・石油・石炭・ガス・瑠璃など——に恵まれている。私は瑠璃をくれるというなら貰うが、その他は余りでどうでもいいや、である。アフガン紛争は地方勢力（その中にターリバーンがある）と外国勢力（を後ろ盾とする中央政府）との資源をめぐる戦争である。むろん政治であるからには駆引き・取引・詐術・裏切り・脅迫・テロリスムス、なんでもある。というのが私の実も蓋もない、散文的な認識である。

山並の上にはあくまで青い空があり、白い雲が懸かっている。芥子の花畑が広がっている。野の花に道徳はない、ただ美しいだけだ。地下にはあの群青のラピスラズリの原石が埋まっている。アジアの、豊潤にして貧しい風景である。

私はプルトゥガールへの旅の途中で立ち止まっている。

二〇〇九年　秋

プルトゥガールへの旅　Ⅲ　フェルナンド・ペソア記念館

むろんリスボンである。いま私はリジュボアと表記するか、どうか迷っている。原則としてその土地の人びとの話すように表記するが、慣用もまた馴染みすぎている。以下、ときに併用するかも知れぬ。そのリジュボアはロッシオ広場で私は放り投げられる、というか自由になる。何処をどう歩けばいいのか、見当がつかない。

リジュボア、おおリジュボア。わが街よ。と呼びかけようか。広くもなく、むやみに坂の多い都市に友人がいるわけではない。知人、わずかに一人の名前を知っているだけである。フェルナンド・ペソア。私の生まれる三年前、一九三五年十一月三十日に亡くなっている。これをしも知人といえるのか、私は亡霊を訪ねようとしているのかも知れない。

いや別の道もある。他の旅人と同じく市電二十八号線に乗って、ボケッと街の風景、ごちゃごちゃ入りこんだ建物や人びとを俯瞰する、むろん悪くはない。そしてうつらうつらする、ポケットから財布が消える。リジュボアだって都市である。スリ・置引き・強請・掻っ払い、その他。何とも小さな犯罪の典型は揃っている。私には責任の取りようがない。

結局、私はフェルナンド・ペソア記念館の前に立って、入口の案内板に目をやる。どうせ分かりもしないが、そのプルトゥガール語を読むふりをする。私ははは一んと肯いている、ように他人からは見える。ペソアだって書いている。ひとはふりをするものだ、と。

三階建ての、プルトゥガール風にいえば二階か、建物に入る。〇階の受付の人に軽く会釈して、自分の体を一回転させる。何があるか、ざっと見渡す。一階？　へ上がると、生誕から晩年までの写真があり、いわば家系図をなしている。ペソアをいくらか戯画化したようなデッサンと、細長い顔のブロンズ像。若い女性がコンピュータに向かっている。

二階に上がる。フロアの約半分にペソア生前の愛用品を蒐集・展示してある。ペン・パイプ・鍋・スプーン・小皿・ステッキ・書籍・その他。がらくたの生活必需品。べつの部屋でピアノの練習をしている。少女から女性へ移る年ごろか、と私は目で思う。

〇階に戻る。やや太り気味の女性が奥の書棚の所へ連れてゆく。数百冊のペソア関連の書物が各国ごとに分類して収めてある。女性は私に中国の本を示す。プルトゥガール人にとってマカオとレキオの人は同じである。私は中国人を装う。

記帳簿がある。ぺらぺらめくる。私の行為はいかにも薄っぺらぺらである。


リカルド！　と叫ぶ声するふりむけばラテンの乳房が追いかけてくる

妻が肩越しに覗く、そして言う。なんだ散文じゃないの。

二〇〇九年　秋

プルトゥガールへの旅 Ⅳ ロカ岬で

切り立つ断崖。およそ一四〇mの下をのぞくと、寄せては砕けて返す波が白い泡となって広がっている。岬、といえば私にはある固定したイメージがあって、自殺の名所——またしても日本の定型、ここでは類型のイメージである——その下検分に来たのではない、さっと立ちのく。富士には月見草が、いや太宰には自殺が似合う。が私に自死は荷が重すぎる。少なくとも意志としては有り様がない。ただ肉体が崩れ、精神が壊れ、風景が破れる、それでも最後に衝動が残る。とすれば保証の限りではない。

空は水色、やはり空色か。五十有余年前、私が——たぶん気障な——使っていた青インクの色に似ている。空を覆う白い雲、それでもゆるやかに動く。とその切れ間に煌めく光。一〇〇mほど先に瓦色の尖塔、白い灯台と三本の電柱が立っている。私は別の方へ歩き出す。石を積み重ねた塔に北緯三十八度四十七分、西経九度三十分・ヨーロッパの西の外れと書いてある。私はここは地の果てアルジェリアと呟きはしない。上に十字架が乗っかかっている。

詩の一節——プルトゥガールの国民詩人ルイス・デ・カモンエスの——が刻まれている。「地が終わって、海が始まる。」大西洋の向こうからやって来れば、ここは海が終わって、地が始まる、と思わぬでもない。事実、移民の子たちはその経路を辿って故郷に帰る。

岩石の上を多肉植物が緑・黄・赤・橙と彩っている。

二〇〇九年　秋

プルトゥガールへの旅　Ｖ　ファドの家で

ファドを聴きに行かない？　と神戸から来た三人組の中年の女性が妻を誘っている。妻は大胆不敵というか、無遠慮というか、よくわからないが、あまり人見知りをしない。ただつんと澄ました女性を苦手とするが。神戸のおばさん、と私が呼ぶ人たちとはとっくに仲良しグループを作っている。むろん向こうからすれば妻は沖縄のおばさんである。

うんうん、行く、今すぐにでも、と応えるが、いくらリジュボアが奇矯な街でも、真っ昼間からファドを聴かせる店が、よほど心寂びた、失業者のたむろする、じつにまたこれがごまんといるのだが、安食堂でない限りあるとも思えない。リジュボアの夜は遅い。

二十時、ホテルのロビーに十四、五名が固まっている。むろん三分の二を女性が占めている。旅行者の手配した中型バスに乗り込んで、暮れゆく街のぼんやり霞んだ風物を眺めているうちにいまではさほど妖しくもない、とある場所、ひとは其処を下町と呼ぶ、へ導かれる。古い家々を縫うように曲がりくねった狭い坂道を登ってゆく。とレストランというか、ファドの家がある。時間の風雨に晒され、それとも歴史の湿気に浸食されてかなり傷んでいる。本日の出演歌手の写真が貼ってある。ちらっと見る、どうせ分かりはしない。

中に入るとカウンターがあり、斜め上に十数名のファディスタのブロマイドが並んでいるが、私はその中にアマリア・ロドリゲスがいるか、どうかを確かめない。皇室御用達ではないが、リジュボアで彼女が歌わなかったファドの家があるとも思えない。あるとすれば、その希少性の故に世界文化遺産に指定されるに違いない。あくまで無関心を装う。

テーブルに着く。首を回す。五十坪ほどの広さかな、と私は目で推測する。十二、三のグループがある。斜め向かいの席に三人の、おそらく生まれも育ちも地元の老夫人たちがいる。むろん独裁もあったわ、戦争で中立を保ったわよ。老人にとって圧政・貧困・難破・移民、ときには犯罪もまた郷愁となるか、どうかを私は知らない。

料理が運ばれる、大きくも小さくもない魚。私は胃に重いな、と目で思う。どの皿にもまったく同じ長さ、同じ幅、同じ重さの魚が横たわっている。その均一さに驚く。正面の中年夫婦が赤、その他多数が白ワイン。料理・ワイン・ファド、あとは闘牛が加わると私は完璧なプルトゥガール的スノッブである。

黒い衣裳の女性が歌っている。民謡に纏わりつく夾雑音をそぎ落とした、透きとおる声をしている。打ちひしがれているでもなく、いないでもないプルトゥガールの魂。むろんアマリア・ロドリゲスの持ち歌も入っている。時間がたつ。寸劇というか、女性のからだは開く構造になっている、という定番物？　が続いている。

私は眠くなる。ワインのせいだけではない。

二〇〇九年　秋

プルトゥガールへの旅　VI　きみはファドを聴いたか

ファド、プルトゥガールの民謡。それ以上の知識を、これをしも知識と呼べばだが、持ち合わせていない。私は何の予断もなく、いきなり音楽そのものに接する。幸いとするか、無茶とするかは測り様がない。さほど有名でもない、プルトゥガールの小さな街、どうやら古い街の例に洩れず、イギリス・ロマン派の詩人が嘘かまことかは知らないが、まるでエデンの園だ、と謳ったらしい王宮もあることだし、ということは観光で飯を食っている街で、私は立ちどまっている。右へ行こうか、左へ行こうか、前に進むか、うしろに退くか迷っているのではない、どちらでもいい、だけである。私の人生も、これをしも人生と呼べばだが、また行き当たりばったりである。私に熟慮や決断は似合わない。

シントラ・セントラウの文字が見える。右へ行く、と小さな家の白い汚れた壁にはコカ・コーラの広告がある。レトロな、というか考古学的遺物である。さらに進むと私は迷路をさ迷うことになる。住宅地、中心から見棄てられた場所。そこで人びとは生きたふりをして死んでいるか、死んだふりをして生きているかである。私は那覇の心寂びた路地を歩いているのか、と錯覚する。例の哲学者は世界の寂寥性と呼んでいる。

三十分後、私はツーリスモ通りに戻っている。やはり例に洩れずだが、二度と出会う機会のない人びとが行き交っている。他人には目もくれない一期一会。地元の人は商人を除くとほとんどいない。なにしろ土産品はあるが、生活必需品は売っていない。張り紙こそ出していないが、地元の人お断り。観光地の定型である。私は那覇のインターナショナル・ストリートを指して言っているのか。

両側に土産品店の並ぶ狭い、ゆるやかな坂。何か買い物をするでもなく、しないでもなく、からかうでもなく、からかわれるでもなく、歩いている、と音楽がやってくる。軽やかなリズムで、不意にやってくる。いや、音が鳴っている、呼びかける声がするが、わたしの感覚がそれを捉えていなかっただけである。とすれば私はわたしの感覚を信じようがない。とは言え、私はそれ以外の何かを信じているのでもない。

レコード店に入る。ふと私が足を止めた音楽の発信地。ざっと見わたす。十坪ぐらいかな。ウクレレを大きくしたようなプルトゥガール・ギターラが吊るされている。ギターラのリズムに乗って、おそらく成熟した女性の朗々と張りつめた声が響いている。土地の歌、これがプルトゥガールの民謡・ファドだな、と私は耳で思う。

私はプルトゥガール語を知らない。だからアマリア・ロドリゲスが、人生は気づいた時にはもう遅い、あるいはなんとかなるわよ、人生って、それとも花咲く野に失くしたわたしの帽子よ、とでも歌っているのか、どうか私には分かり様もない。

二〇〇九年　秋

プルトゥガールへの旅 Ⅶ カフェ・ブラジレイラで

リジュボアもしくはリスボンで私は何をしようとしているのか、もしくは何をしないでおこうとしているのか、判然としない。いくら無用の用とはいえ、そもそも用がないのである。旅人とは無用の者であり、無用の者にとって人生は暇つぶし、それも一瞬のである。甘美はかくのごとくやってくる。もしくは啓示のごとくやってくる、と言い直してもいい。宗教と文学――私の場合、非文学それとも雑文学だが――は近しいが、はるかに遠い。千里の、まあ一億光年の、とは言わないが、径庭がある。

フェルナンド・ペソアはその四十七年の生涯のうち幼少期のアフリカで過ごした数年を除くとほとんどリジュボアを離れていない。地に足が着いていたというか、地元の商社の翻訳係として一応、生活の糧を得ている。おそらく可もなく不可もなく、むろん難なくでもない。であれば生活が日々、肩に食いこむ疲労の堆積であるはずがない。そのペソアが足繁く通っていた、という伝説を神話にまで高めて有効利用しているカフェがある。ブラジレイラである。日本人観光客には人気があるか、どうかは関知しない。ここで私は、むろん国家の内に在る者としてパスポートを懐奥深く所持しているが、一個のツーリスタであって、なにはさて置いてもレキオの人であり、マカオの人であり、時には中国の富裕層であってジャポネではない。

店に入る。結構、混んでいる。一日で出入りする客の千人中、一人位はペソアの名前を知っているし、そして何日かに一人の割合で世界の何処からかペソア教の秘かな信者、もしくはペソア詩の熱病患者が訪れるに違いない。なんとも感染力の強い、世界的に無名の詩人フェルナンド。それにしても私はペソアの霊気を感じるか？　否である。

私はテラスに座っている。二、三ｍほどの距離に所どころ青く錆びたブロンズ像がある。ペソアが足を組んで腰かけている。やや痩せすぎの体に、細長い顔と高い鼻筋。ギャング映画の、むしろ一九二〇年代、シカゴやベルリンの街を徘徊する老紳士やジゴロの、というのが相応しいが、例の帽子・ボルサリーノを被っている。やがて中年の、もう十分に頭の毛の薄いウェーターがエスプレッソを持ってくる。顔は人生を刻む、というより疲労を刻印する。一・五〇ユーロ。約二五〇円。安いか高いか、スタバの女の子に聞けばいい。

三十歳前後の、男と女がくる。男は小太りで並の背丈よりやや低い。きっと扁平足である。女にはまだ野趣、その残像がある。私はいくらかからかい気味に何処から来たの、と聞く。俺はブラジルから、彼女は地元、というが、私は彼・彼女のプルトゥガール語にブラジル訛りがあるかどうかを聴き分け様がない。

さらば！　私の一瞬の友よ、よい旅を。

二〇〇九年　秋

Ⅲ　定型詩をめぐって

琉大文学と私――復刻に思う

たぶん一九五九年の前半の頃かと思う。首里当之蔵町の停留所辺りからゆるやかな坂を歩いていくと、左に小さな食堂、というよりそば屋、というより琉球ラーメン屋があり、道を隔てて南側には人家に遮られて見えないが、首里高校があるはずだ。

行きあたりで左折すると城西小学校がある。子供たちの姿をみることもあるし、見ない日もある。やや左正面の赤瓦の守礼門を横目にしながら過ぎると、例の大言壮語の大宅壮一が「8ミリ大学」と評した琉球大学に到る。世間が騒いだだけで、当の学生達はへぇー、そんなものか、まあ、駅弁大学よりマシか、という程度にしか受け取っていなかった。最高学府の自負も、植民地大学あるいは布令大学の卑下もなかった。過大にも過小にもみていなかった。あたりまえに入学し、当たり前に卒業する（はず）であった。

そんな日常のごくありふれた日、私は「その男……」に会った。大学構内に入ると、右に旧琉球放送（ＲＢＣ）の建物。いまは新聞や文芸、演劇の部室、というより授業からあぶれた者の巣窟になっている。左に五階建ての図書館、その左後方に理系ビル、右前方に文系ビル、正面に大学本館という具合にいくつかの建物に囲まれた広場で「その男……」は「おお」というか、「いよー」というか、そんな声で手をあげた。小さく手を挙げて「ああ」と応えた。二、三カ月後、森山繁は慰霊碑の林立する南部戦跡でプロバリンを飲んで自殺した。歴史学科同期である。家は国場川の近くにあった。彼はいつも川を見ていた。一年次の頃から「琉大文学」に俳句を発表している。

バス来ると秋の川見てまぎらはす
冬川を見ている朝の失業者
黒い川見て少年歩く歌は出ない

やはり同学科同期、仮にG・Mとする。離島出身で良家の育ちである。清潔な、おとなしいという印象がある。政治や文学にはかかわらなかった。もともとそんなもの俗事であるか、祭事であるかを別にして意識することもなかった。文字を、活字を一個も残していない。卒業の記念誌「琉大史地」にも記録を留めていない。浦添市内の中学校に就職し、市井の人として穏やかな日常が保証されていた（はず）である。やはり自殺した。

私と「琉大文学」との関わりは一九五九年発行第十七号に、投稿という形で始まった。三年次の時である。以後、七回ほど短歌作品を提出している。別に知人はいるでも、誘いを受けたでもない。部室に出入りするでもなかった。ただ、国文科を中心とする文芸部の雰囲気は何となく伝わってきた。わが歴史学科に比べるとなんとも華やいだ空気に溢れていた。私には伸びやかで自信に満ちているかに見えた。事実、年齢一～二歳年長の中里友豪や清田政信、岡本定勝等は五七年発行第十二号にはすでに詩作品を発表している。

「琉大文学」の伝統という場合、少なくとも一年有余の発行停止（学生準則違反）の原因となった十一号以前と上記三名に宮平昭や東風平恵典、松原信彦、遅れて田中真人、仲地裕子等を加えた十二号以後の間には繋がりがない。むしろ断絶がある、ずれがあり、隙間がある。と思われる。極言すればいかなる遺伝子も受けていない。継承される遺産はなかった。たとえ負の遺産とはいえ、ないよりあるがいい。それがないのである。「琉大文学」の発行停止。それは当局の表現活動への干渉・弾圧ではあったが、同時にこの一年有余の停滞とも休眠とも何とも呼んでいいが、音楽に休止符が大切なように、文学にもまた別の意味でだが、何もしないことのアンニュイな時間が必要である。新しい表現（者）を生み出したのだ。これはすばらしい事件だ！　とB・ブレヒトなら喜びの声をあげる。今日、大学構内をさわやかな風が通り抜けたように、明日もまた晴れる（はず）である。

一九六〇年、安保闘争——キシヲタオセ！　の騒擾——があった。樺美智子が死んだ。浅沼稲次郎が刺殺された。岸上大作が自殺した。われわれは東京を注視したが、全学連の視野には沖縄がなかった。われわれは吉本隆明を読んだが、彼の視野にも、まだ（南島）は入っていない。私の居場所は学生新聞の部室であった。翌年、一歳年少の中屋幸吉がやってきた。後年、自殺した。縊死。やはり歴史学科である。沖縄の海は青いか、空は？

半世紀を経て、一枚の映像がある。沖縄選出の国会議員が普天間基地の辺野古への移設を承認した場面である。一人はうなだれている。権力は議員を晒し者にする。県民世論は選良をなぶり者にする。私たちはこの痛ましい光景、公開処刑を見るように強要されている。

時代はここまで来た。いま、なぜ「琉大文学」なのか、問いはあるが、答えはない。

二〇一四年四月

戦後沖縄の短歌を読む

名桜大学公開講座
日時　二〇一五年十一月七日
場所　生涯学習推進センター

十一月七日、男はやんばるにいた。山の中の大学で何か喋るためである。屋良健一郎の誘いに乗って沖縄の短歌についていくらか知っていることを話すことにしたのだ。大学が企画した市民講座のひとつかも知れない。何とも仰々しく名桜大エクステンションセンター――舌が回らない、日本語でなんと言うのかしら――公開講座とよぶらしい。地元の新聞には歌人の新城貞夫氏を招き、とある。そうか、私は歌人なのか、と思わぬでもない。人間ってある何かであるというより、ある何かでないのである。いわば無。定義不可能な無、無に帰すの無、無限の無の存在。まあ、いいや、世間様には逆らえない。私とて歌の二〜三十首、二〜三百首は作ってきたのだ、歌人とかの柵の中に収まるとするか。

午後三〜五時まで二時間。何か打ち合わせがあるかも知れぬ、と定刻二十分前に着く。ちょっと早すぎたかな、立ったり、座ったり、ぶらぶらしたり、やや左斜めの山を見上げたりしている。どこかの校歌なら、みーどーりーゆーたーかーな、とでも歌うのかしら。時間にまだ余裕がある。北山高校同期の宮城鶴子と連れ立った女性が宮城佐都子です、と名乗る。ここ名護――宮城と連なって、半世紀も過ぎているが、「九年母短歌会」の頃に会っている。芦田高子主宰の「新歌人」に投稿していた、という。名護――芦田――「内灘」――「新歌人」から連想して宮城ヨネ（＝牧真子）に到る。老人特有かどうか知らないが、連想ゲームである。

守礼之邦の名を汚さずに迎えよとアイク訪琉へ言う任命主席
タクトふれば子等の和音の美しくてただに欲しかり久遠の平和
牧真子

屋良と一人の女性に会う。「ひょっとして」と口には出したが、後が続かない。名前を忘れている。過日、屋良との電話でのやり取りで、大城真理子。結社誌「塔」所属と聞いていた。まだ「塔」ってあったんだ、などと考えたり、感心したりする。そうか、主宰者・高安国世はドイツ文学、ことにRainer Maria Rilkeの研究家だったな、とか清原日出夫もいたな、とあらぬ方向へわが思念は進むのである。新城はその第一歌集『夏、暗い罠が……』でリルケの言葉「へんな運命が私をみつめている」をエピグラフとしている。三一書房『現代短歌大系』11巻「現代新鋭集」に清原の「流氷の季」と新城の前歌集と第二歌集『朱夏』を加えて作品百首が抄録されている。引く。

またストかと罵る一人いるクラス戸を開けて入るまでの苦しみ
不意に優しく警官がビラを求め来ぬその白き手袋をはめし大きな掌
清原

何処までもデモにつきまとうポリスカーなかに無電に話す口見ゆ

投光器に石を投げよと叫ぶ声探り光は定まりて来ぬ

像の前学徒兵を悼み激昂する助教授の嘘は見えて立ち去る

今日、沖縄の不幸を奇貨として、これを幸いとして反政府、反権力、反国家をガラガラ蛇でもあるまいし、唱える助教授、いまや名誉教授やジャーナリスト、作家たち——実は啓蒙家、単に高い所から物を教える連中——の虚偽は沖縄に住む、住むよりほかない人々によって、同時に政府そのものによって見抜かれている。なんともメデタイ職業ではある。アベの国もまた世界一危険の普天間を奇貨として、これを幸いとして名護市辺野古に新しい基地の楔を打ち込んでいる。基地に反対する人々に対して、では世界一危険を残しますよ、と脅す始末である。政府は暴力団《くみ》から多くを学んでいる。いや、暴力団が政府から多くを学んでいる。その陰湿さを、残虐さを、狡猾さを。私は政治家やその背後の、というか政治家を囲い込んでいる行政官僚よりヤクザ映画が好きである。鶴田浩二とか、高倉健とか、菅原文太とか、ジャン・ギャバンとか、ジャン・ポール・ベルモントとか、あれー、アラン・ドロンが欠けている。彼は「太陽がいっぱい」だけでいい、なんとも眩しい。

清原は誠実であるが、弱い。恋歌はないのか。

遁走曲流す球形の街冥し不戦祭みな拒否の象ちに　新城

メルヘンの革命羨し轟きて鉄橋の上を汽車は走れば
赤旗が高鳴る胸に唇当てし人妻砒素の匂い放てり
鳴りひびく亡命の汽車の鳥打帽、女流詩人を殺めそこねて
偶然に賭けん青春羨しきやテロに倒れし内部の鳥ら

新城は何処へ向かっているのか、何を見ているのか、幻をか。
同11巻「夭折歌人集」に岸上大作「意思表示」（抄）がある。

呼びかけにかかわりあらぬビラなべて汚れていたる私立大学
海のこと言いてあがりし屋上に風に乱れる髪をみている
面ふせてジグザグにあるその姿勢まなうらながら別れは言えり
血と雨にワイシャツ濡れている無援ひとりへの愛うつくしくする
美化されて長き喪の列に訣別のうたひとりしてきかねばならぬ

岸上

岸上の自死を伝説化せぬことだ、人生は悲劇でも喜劇でもない。しいて言えば悲喜劇、その間のintermezzoだ。
すべて一九六〇年の作品。三人共に大学在学中（清原・昭和十二年生、立命館大学。新城・同十

三年生、琉球大学。タイムス歌壇の選者・小林寂鳥がいた。岸上・同十四年生、国学院大学。そうか、折口信夫はもういなかったか)。同じ世代に属すとはいえ、視てきた風景が違う(北海道、サイパン、兵庫県)。風景が違えば時代の色合い、というか密度も異なる。

〈アイク訪日延期〉と隊列のなかに聞く声に出て歴史を生きいる想い　清原

やはり清原の認識は甘い。六月十九日、新城は琉大学生会の一人として合衆国大統領アイゼンハワーに請願・抗議するデモ隊の中にいた。アイクの訪日予定をいかなる事態が変更せしめたのか、沖縄の原水爆反対の声、「アイク帰れ」の声、Non の渦巻く、噴出する怒りの声であった。清原の視野に沖縄は入っていない。やむを得ないとはいえ、沖縄を抜きにした「歴史を生きいる想い」である。その清原もいまは亡い。

岸上の視野にもオキナワはない。

六月二十日(月)の日記

授業に出ず。

虎の門川瀬外科に昼まえ。昼すぎ学校。平田とニュースを観て帰る。

発信、受信ナシ。

ジュース十円、治りょう五百円。電車五十円、カレー四十五円。

五百円。六月十五日の日記に「全学連国会構内での抗議集会において、ついに、ぼくも警官の棍棒で割られる。二針ぬい、一週間の軽傷」とある。その治療代。

当日、警官の負傷者＝七一四人。「帝国主義の手先」「犬」「税金泥棒」と罵声を浴びる側、いわば岸上や清原の対極に筑波杏明がいる。

警棒に撲たざることをぎりぎりの良心としてわれは追ひゆく
思想異ふゆゑに辞めよ迫るこゝろ辞められぬわれが耐へて聞きゐつ
妻あれば子あれば職を退けぬこと哀願に似てわれの迫りつ
「海と手錠」

筑波は辛うじて良心の、というかマスコミ世論の立場に立つ。そして辞職。いまにして言えばそんなことどうでもいい。ただ、「そ、そ、ソクラテスかプラトンか、みんな悩んで大きくなった」か、どうか知らないが、男は弁明などせぬものだ、黙って事に処すればいい、などとは言えない。なにしろ新城はその位地にない。

まず司会者・屋良による紹介——講演——休憩を挟んで質疑応答となるはずだ。約一時間を話さねばならぬ。レジュメではなく、一応文章化した原稿、四百字詰め二十枚を持ってはいるが、座談の体をなすかどうか心もとない。なにより自分の声がどう響くか、わからぬ。自分の耳に聞こえるように他の人にも聞こえるのか、それともまったく別の音として響くのか。音量はマイクで調節できるとして、音質というか、声紋はどうか。あらぬことを考える。やはりしんどいのである。

マイクを取る。まだ握力はあるらしいが、いくらか重い。筋肉の衰え、やはり老いはごまかせない。からだは正直である。

さて、と話し出す。回想風に「沖縄の青年歌人たち」、まず序文。次いで一、前衛短歌の胎動　二、コザの街の青春群像　三、タイムス歌壇の開明性　最後に結語となる。

・定点——私的にはサイパン、ヒロシマ、ナガサキ、Fukusima、嘉手納、普天間、辺野古。なによりも自分の住んでいる場所。ニーチェ、もしくはチェーホフ風に言えば、悲観的な、あまりに悲観的な希望と楽観的な、あまりに楽観的な絶望との交差点＝沖縄。新城の右肺の上にはまだ戦時中に受けた艦砲の破片が残っている。私のよく見る「真夏の夜の悪夢」をその筋の専門家は老廃性トラウマと判定する。

サイパンを広島、長崎、Fukusima を言わず詠わずまして普天間
ああ海よ　辺野古の青に沈みたるたとえば神かそれとも人魚

・前衛短歌と呼べる作品の実質があったか、その動きはあった。ただそれは難解歌の別称であ

り、蔑称でもあった。べつに沖縄限定の現象でなく、東京でも同じであった、と思う。なにしろイザヤ・ベンダサン『「空気」の研究』によれば現代は空気を支配する者がすべてを支配する。歌壇ジャーナリズム、主に「短歌研究」「短歌」はこの時代の雰囲気を察知して前衛派？　狩りを行う。編集長の交代という形をとったはずである。ただ、復古調の復活とも歌壇の反動化とも言う気はない。消えるものは消えて差しつかえない。名嘉真恵美子は結社、おそらく「かりん」の仲間から「沖縄は前衛の影響がないでしょう？」と疑問とも断定ともつかぬ言葉を聞いている。どう返答したか、わからぬが、いくらか戸惑ったはずである。なーに東京の視野には沖縄が入っていないだけのこと、マスメディア語でいえば中央と地方の、アベとオナガの温度差に過ぎない。ボタンの掛け違えと思えばいい。それにしてもなんという落差。こころの冷酷地帯とたましいの沸騰地帯。千里の隔たりがある。以下、他府県歌人の問いへの新城なりの応えでもある。

一九六〇年四月　沖縄青年歌人グループ発足。

いかなる未来秘めいむ旗手か囃すものつねに血色よくて背後に　　北見四郎
駄馬よ、神と黙しあう夏か熱風がもち来る遠き避暑地の睡魔
植物の香にさえ咽ぶ貌なりき夜をおごれり支流のホタル
蒸しタオルに頬埋むるも娶らざる若者に夜の覇権は重し
未知数のわれが例へば最後のドアが下されるとき夕日が沈む瞬間など　　喜納静子

街かどに臨終の息白く噴きつけたり真中の冬の疼きよ　西静香
硬直の死なお若し　海に貝殻の飾り散りばめ未知なる革命　新城貞夫
革命の論理重たし装甲車踏む脚長くけわしき角度　宮城末生
日没がなだれ堕つ一瞬にみたりき静止に身を委ねおる民の肋骨
はげしく時間を欺きつつある島よ狙わむ眼と狙われむ明日　伊礼春夫
沸くなべて愛しきままに花園の人抱くごと茂る巨体は
薄暗き波止場の端に佇ちて居り君が独りの旅を思へば　小橋正市
夏は淫獣、ネフサスのごと少女きて無色の舌に氷菓溶せよ
剝がされてマネキン佇てり寒々と夏ランボーを愛す少女と
蛮声が弔旗ふるとき空青し彼の流血も泡だちおらむ
堕ちてゆく緊度つめむか冬ぬくき酒場に誆殺し少女は
唐獅子はとりどり孤愁匂わせて貧しき漁村にめぐりくる秋　紙魚太郎
蒼海を羨望すること久しきや唐獅子とべよ五月の空へ
頭蓋埋む冬の夜光る銃口をまさぐりし手でかざす娼婦　高山史
貧極の経血匂わせ天使らがあるいは幼けき我が少女期
夕茜飛びたつ羽毛軽がると空に焼け燃ゆる冬海の眩暈　喜瀬香代子
女郎花ゆられゆられて北に散る失いし言葉弾幹にうづく

いくたびか死なむと思いたたずみぬ浄水の水秋をうつして　峰ひふみ
物言わぬ一日ありてつのりくる恋慕を春のやみに消えゆく　与那覇幹男
綿蛾虫の尿わが裡に粘つこく父母の血の凝固す色持ち
穂すすき冬を迎える色なしてヤモリの這える四畳半くらし　石川盛毅
琉球の名こそ悲しき哄笑の渦に巻かれつつ季感なく
追わるる如く残飯食いて立ち上る束の間われは囚人めきて
以上、「野試合」「鳥」から

琉球大学には歌を作っている先輩たちがいた。比嘉美智子、平山良明、伊礼春夫、仲原英孝等。青年にとって三～四歳の年齢差は決定的である。成熟度が違う。

わが書架に飛び来て夜を透かしゆく黒き蛾過去の死にかかわらず　真城定之介
垢じみしマフラー冬へ振るときに突然哭す情事なき青春
昏の笑みこわばらせ初心者の　はめはずし行く真夜中のホール　仲地裕子
たたまれしひだを破して爪先ではじきかえせり獣の叫び
以上、「琉大文学」から

・ありとあらゆる犯罪の集積所・基地の街コザ。そこにも時代の空気を存分に呼吸する若者たちがいた。希望と呼ばずになんと言う。

擦りガラス鈍き余光を室にため夜の感覚に群れて彷徨の床　喜屋武英夫
野へ涯り少女歓喜の中にあり薔薇に創つけし子のひたかくす瞳　知念正真
療護園の長き廊下に手すりのありつかまりて歩く子等は楽しげに　当山久雄
君が代を声高々に歌いつつ黒人街を行く　風すがすがし　桑江勝巳
咲きかけし花より落つる朝しずく小さく庭石を一つぬらして　島袋英男
ふるさとの「空は碧いぞ」と語るのみ、肌黒き少女の汽車爆進
彼の君が活けてくれにし白菊の散りゆく花をとめよわが恋神
焼けあとに雄々しく立てる一輪の花茎は弱けれど自信は満てり
ねむられぬながき夜半はパラパラと屋根の雨降る音に灯をともす
アドバルンおろせし少女のその肩の乱れし髪は陽炎のなか
君の心知り得しと思ふもはかなくて夕べ宿るは暗い面影　仲宗根スミエ
遠くきて通ふ心か誰も彼もせまきをめぐり言葉すくなし
黒潮のよせて波立つ大海へ荒鷲一つひるがえり行く　喜屋武進
麗かな陽光の下に佇んで春のゆくえを寂しく思ふ
漕ぎ行けよ尽きるを知らず洞爺湖に人生の悲しみ今捨てゆかむ　川井田庶子

白老の熊彫る翁の白髪や知らず知らずに涙を覚ゆ　宮里涼子
若くして成すことも得ることもなき日々をためらいもなく秋は過ぎゆく
いさかいて幾月も割り切れぬままの友と土砂降る雨の日に逢えり
昏荒れし娼婦は今日も街裏に生きんが為と死語の量産　奈本福
氷室に少女とじ込め愛確かむ吾焦躁の二〇才の誕生日

以上、「夜と詩」再見から

・全国紙――読売、朝日、産経――に歌壇あり、地方紙にも歌壇がある。おそらく、いや断言してもいいが、その中でタイムス歌壇（小林寂鳥選）が最も斬新な作品を取り上げていた、と思う。それらは多く永遠の未完成交響曲ではあったが。

街路樹の雨後爽かに葉擦れつつわが臥す部屋を風はよぎりぬ　玉城祐純
校庭の隅にころがる石ひとつわがかたちして影をおきたり
生きてあれど生きがい無きと病床にかこつ人らの言葉身に沁む　勝連敏男
テロリスト激動の世代を盗みおり色感のなき流れの中に
過去の罪悔ゆる心を秘めて立つ野にすすき穂が音なくゆれる　嵩原久功
友の云う言葉は虚栄につらなりて冬日鮮明に障子を照らす

遠景に電柱傾き見える窓開けしより傷持つ今日がはじまる　真城定之介
靴擦れの足曳きづりて街を行くに腐蝕されゆくわが青春の
復活への転機とならむ猫の仔の跳躍をわが欲しと思うは　喜屋武済一
初恋は忘却の彼方へ捨て去らむ悲しみの夜は酒にか染みて
卑屈なる日々を恥じらい忠霊のこの塔に父を求めて彷徨う　新垣健一
現身の穏やかならぬ昼ながら幽かに光る秋蝶のかげ
どうにもならぬ事をどうにかしようと見飽きたる空をみつめている　当間実光
いのちなき海鳴りの音は止まずして白き海鳥の低く飛び交う

以上、「タイムス歌壇」から

・いま、現在の口語表現が春風のように爽やかな、やわらかい風を運んでくるか、それとも文語定型詩ではどうか。

某月某日、晴。認知症のテストを受ける。

いい天気ね　今日も同じことを言ふ　あの人きっとボケているわよ

ねこブームだって、知らなかったな。

図々しく俺の領地へ踏み込んで！　日向ぼっこの猫けっとばす

以上の内容を作者と作品を交えて話す。過日、出版した『歌文集　アジアの片隅で』で取り上げた作者たちだが、作品の上ではだぶっていない。できるだけ多くの作品を、しかも平等――公平――公正に記録しておきたい、という思いからである――ただ事実と思いとはほど遠い、なにしろ私には収集癖がない、ゆえ資料に乏しい――無論、消える作者や作品は消えて差しつかえない、という立場ではある。記憶を記録する、それは語り部やジャーナリストの仕事だ、私の関与することではない。ただ、記憶を消す消しゴムもない。

なるように成らないのが世の中だ、自棄のやんぱちか、意外に落ち着いている。歳の甲羅か。いや、羞恥の感覚が薄いだけ、老人の厚かましさである。斜め後ろに時計が架かっているが、自分の持ち時間を使いきったか、よく分からぬが、分かったふりをしている。

質疑応答って文明の衝突になるのかな、それともアーノルド・トインビーに倣って言えば文明と文明の間の挑戦と応戦なのかな、と思ったりする。無論、実作者同士の短歌観の応答である。いくつかの質問と問題提起とがあり、それらは多く歌人たちの抱える問いであり、他者への呼びかけでもあった、気がする。

・新城にとって母とはなにか？――あまりに当事者であり過ぎる、語るのが難しい。虚実入り混じっている、としか言えない。マツ。村にはむやみに多い名前であった。三年前、亡くなった。九十四歳。

はつ夏の義母知りしより若者は父に先だちて紅の刑
あかつきの雪の決起におくれたる母をも村をも棄てし父かも
母なりきいかなる夢を紡げるか絶えずしずかに廻る紡錘

・なぜアジアにこだわるのか、どんな意味を持つか？——混沌の地、今後ますます混迷を深めるアジア。難民、死者。累々たる。世界のどこを見渡しても希望はない。いや、まだこの地上に一立方m程の希望があるとすればイスラム圏を中心とするアジアである。ヨーロッパやアメリカ、中国、ましてやアベ政権下のニッポンに未来はない。歴史はとっくに終わっている。世界の各地域を結び、繋ぐアジア。私とて、世界をつなげ、花の輪に。なんて夢想していない。むしろ混迷は深まる。三十年か五十年単位で。なーに悠悠閑閑として待てばいい。それにしても持ち時間はあるのか？　俺の持ち時間か、それとも地球の持ち時間か。

十月の危機いたるともアジアには風に吹かれて祭られる死者
眼つむればアジアが視ゆと切なくてもっとも酷し春のあけぼの
涯知れぬ希望のごとき近代を病みてをゆかなアジアなりけり

・自然詠及び日常詠をどう見るか？――歌人の多くが直面する、切実な問いである、と思う。まだ答えを持っていない。自然詠。まだ自然ってあったのか？　私たちは経済の高度成長以後、人工の自然を目にしているのではないか、それ以前とでは自然の捉え方、感じ方がちがうに違いない。日常詠。寝て、起きて、食べて、テレビを見て、ひとは老人のごくありふれた日常だ、という。だが、私たちの日常はそういう生活の基本には収まりきれない多くを含んでいる。妄想や空想、連想や想像、幻想やである。日常詠や自然詠をもっと広く考えてもいい。

桜花心木のある風景を過ぎゆくやわが心徐々に色づきにけり
たましいの澄むまで青い海なりてさわだつ憤怒の波くずれたり
薔薇垣の家を過ぎれば海の香にわたる風ある岬なりけり

・軍政下の民政府時代における言論、表現の自由の封殺――平山良明主宰の歌誌「九年母」にも何らかの圧力があった。露骨な弾圧というより間接的な風圧として。イザヤ・ベンダサンによれば、現代では空気を支配する者がすべてを支配する。雰囲気、圧力、風評、電波、そして世論。さらに付け加えれば核を含むありとあらゆる化学兵器。

地下茶房LIBERTEにコーヒー求め合いて日本の首相へ若者の哄笑

煤煙の街に住みふしテロリスト常に蜂起の日を疑えり
レジスタンスついに虚しく為政者の胸刺されいし公衆便所

・いまの時代、自由は肥大化していないか？——人々の思考や行動、風俗を含めてか、ここでのテーマに沿って短歌の詠法、自由自在に日常語を多用する詠い口を指しているのか。仮に私が文語定型詩に留まるにしても自由はないよりあるがいい。

一児の母安室奈美恵をカワイイ！　って舐めているのか褒めているのか
ジーンズとスニーカーの男がストーカーで　ボク、その中の一人にすぎぬ
バカなのにバカになれたらいいのにと花子が云えば次郎が笑う

・影響を受けた歌人は？——一九六〇〜七〇年代、年齢にして二十〜三十代の頃に読んでいる歌人や評論家たち。

崩るるとき一瞬にして崩れ去る権威の空しさもすべて見て来ぬ　近藤芳美
クロッカス咲かむとしつつ黄のつぼみ光を包む如きこの夜半
二人にある断絶の部分に触れしよりかわきし唇を頑なに閉ず　比屋根登

人見えぬ農地の果てに砲台の黒々とかまえる鋼鉄の物体　寺山修司
きみのいる刑務所とわがアパートを地中でつなぐ古きガス管
〈サンドバックをわが叩くとき町中の不幸な青年よ　目を醒ませ〉
ダマスクス生れの火夫がひと夜ねてかへる港の百合科植物　塚本邦雄
ミキサーの底の苺の緋の泥のあざやかさに無血革命とほき
群衆のなかをうねりて花行けば小気味よきまで遠し　政治は　岡井隆
肺尖にひとつ昼顔の花燃ゆと告げんとしつつたわむ言葉は
たまきはるいのち生きむと思ふ日のわが道はかたくただかたくあれ　村上一郎
おんがくと花とを断ちてひたぶるにたたかひ生きて死にし我らは

他に村上一郎・桶谷秀昭共同編集「無名鬼」誌上で幾人かの、多くは女性歌人の作品に接する。

岩根なるつららにみえてうちつけに柘榴を吐きしひと顕ちたまふ　山中智恵子
岬にはむらさきふかき神います扇一揆の雪のあけぼの
群立つを怖るるこえよ　誘いの旗なびくかた森はそよげる　百々登美子
相せめぐかなしみも澄む伐採区ひとつの響き風に運ばす
人のなかに流れてやまぬ昏き潮その満干をば夜更けて思ふ　清原令子

つるはしの跡鮮やけき日の崖を誰か過ぎゆくつねに孤りなり　村田治男
海を領した父祖達の声を聞く未明ぼうぼうと人間をしたう鳥飛ぶ
笛を吹くはてに海がある。きみも朝のうたうたえ夏の炉が炎える　斎藤すみ子
さみどりの雪の照れればこうこうと傷みゆくなれ地衣のたぐいも
たちぬるる硝子のそとの地のひろさ朝澄みゆきぬ逢いがたきかも
心さえ見えくるほどの秋なれば家霊舞わしむるごとく衣干す　馬場あき子
くずれゆく心算もありしみじみと色移るなる秋の朝顔
むなしさにひとり飯食む朝の身を断ち裂きてゆく刃はなきか　佐藤通雅
紫陽花の濃淡著くなりまさる朝の道にいのち透れる
憎しみを戦争のほかのことと思ふ生きよともろく生み落とされぬ　河野愛子
ひるがへり空ゆく鳥の何かあらそふあはれを谷にゐてみつめたり
夕暮れの像を結ばぬひと群れのははのゆくえを街にさがせり
まだ熟れぬプラムかじれば母となる日のかなしさ舌にひろがりぬ　武藤美智子
山鳩のしみみになきて空さむくしみ入るばかりものぞかなしき
山の端に朱の入り陽のたゆたへばかくて經りゆく今日もわが世も　保田典子

問いの明晰さに比べ、答えの曖昧さに終わった、気がする。参加者　約三十人。手元に住所、氏

名表がない。個人情報保護法に抵触するのか、大学の方針なのか、私はその日の参加者を思いおこす手掛かりを持っていない。詩人はいない。いや、一人だけいた、新城兵一。

散会後、俳句の安里琉太と立ち話をする。琉球大学かな、年齢は知らぬ。なにしろ男はひとの性別まではわかるが、最近はそれさえ怪しい、ときている。定型詩っていいよね、私的＝詩的＝素的だよね。駄洒落である。よくもまあ、のほほんな。

二〇一六年一月三日（了）

翌日　今帰仁発辺野古経由宜野湾着

マレーシア発台湾経由辺野古着　ジュゴンの海を逆に辿るも

柳田国男「海上の道」に倣って言えば椰子の実だけが太古この方、遠方から流れ着くのではない。現在及び未来における（マレーシア発台湾・沖縄・鹿児島経由東京行）この経路はアジア有数の麻薬ルートでもある。同時にアジア貿易の拠点にもなる、ということだ。

付記　1、誤字、誤植、脱字、剝離、誤読、死語、等そのままにした。　2、原則としてルビは振らない。

沖縄の青年歌人たち　一九六〇年を挟んで

はじめに

定点観察。おそらくフォト・ジャーナル誌でよく使われている言葉である。とある一点、たとえば富士山を同じ角度から春夏秋冬、四季の移り変りを天気や朝・昼・夕・夜を延々とあきることもなく撮り続けるカメラマンがいる。あるいは描き続けた画家がいた。日本人ならそれでいい。ただ、私が沖縄人の範疇に入るかどうかを別として、なにしろ私にはアイデンティティ信仰がない。沖縄の人にとって定点となる場所はどこか。嘉手納であり、普天間であり、辺野古である。いや、各自に定点がある。住んでいる場所である。

私の家の二階から普天間基地が見える。晴れの日には明晰に、雨の日には霞んで視える。ある日はオスプレイ十二機が、別の日には四機が整然と並んでいる。というか置かれている。とすれば私にとっての定点はフテンマである。毎日見ている光景、毎日聞いている音だが、同じ場所でも時には黒く、時には鉛色に、と色彩が違う。時には鈍く、時には鋭くという具合に響きが違う。定点観察が成り立つ所以である。

とある日の夕刻。二〜三の買い物をしてファミリーマートを出る、息をつく。県道の向かいに自動車練習場があり、その向こうに不揃いの民家があり、鉄条網（有刺鉄線・バラ線）を接して日本政府によって立ち入りを禁止された米軍基地がある。さらにその向こうにも富裕層や貧困層、中間層をもチャンプルーした民家があり、接して東シナ海が広がっている（はず）である。なんとも東シナ海は西にある。黒く重ったるい雲の塊りが南から北へゆっくり動いている。陽は沈んで、残光が濁った茶色をして浮かんでいる。

定点観察。と私がいう場合、それはある一定の場所を示すだけではない。ある特定の時間をも指し示す。敗戦後七十年、単に区切りがいいだけで、格別の意味がある歳月でもあるまい。それでもなお時間の堆積は内容の蓄積でもある。沖縄の短歌（界）も十分に時代の評価に耐え得る作品を生み出している。それなりに優れた歌集もある。ただこの七十年という時間を全体として俯瞰する力仕事に私の肉体は耐え得ない。精神力もない。というより精神労働って意外に肉体労働でもある。従ってここでは一九六〇年を挟む前後二年に限定する。私にとっての定点である。しかも二つの同人誌と、小林寂鳥選・タイムス歌壇に焦点を当てることにする。

一九六〇年、単に区切りがいいだけで、べつに特に変わった年ではない。アンポがあったではないか、という声がある。それとても分厚い歴史年表をめくって、ああ、安保闘争の年かと気づく程度である。樺美智子、岸上大作が亡くなった年だな、と気づく人も少ない。それに沖縄に米日――日米でもいいが、沖縄からすればアメリカが日本より上にくる――安全保障条約の改定に反対する闘争があったか？　祖国復帰運動があっただけである。「母の胸に引き取ってくれ」と哀願する運動であった。「キシを倒せ」の声はなかった。喉まで出かかった声を飲み込んだのである。以来、沖縄の人たちの胃液は苦い。ただ、喜屋武英夫に次の歌を含む六首があった。六月十九日、アメリカ合衆国大統領アイゼンハワー（通称・アイク）が来島した。

間隔を武装軍人意識せり直立不動の貌せりあがる
プラカードに血ぬられ文字がにじむとき武装兵らの貧血の膚
誇るものなく武装兵ら眼窮へ銃剣をかざして並ぶ
夏も頭蓋アカハタが占める真昼間島は放射状に駆いる乾季

喜屋武英夫

六月十九日、新城はデパート琉貿前のデモの中にあった。――現在、一階がファミリーマート、二階がレストラン、三階以上がホテル「ロコア　ナハ」になっている――

球形の街に青年群れ合えり夏アイク来て眼に痛き塩
激突し湾曲し袖ひきちぎり圧政の王を囲む旗手らは
むらさきの黄昏近し六月にアカハタふりてアイク追いつむ
幾万の眼をみひらいて血の糸で首をかざったアイクをねらう

新城貞夫

それから半世紀、「日本人よ、基地を引き取りなさい」と抗議？　する物書きがいる。すでにオスプレイは横田基地に配備されている。十機。だが、ニッポン——オキナワを含む——のテレビや新聞、週刊誌や月刊誌はこの事実を取材する能力を持たない。それでいて報道の自由とか知る権利とかを言う。ほんまかいな、本気度が試されている。わずかにアングラ？　週刊誌FRIDAYが「東京で墜落する恐怖の確率」を報じているに過ぎない。さらにその上に米・日政府の間で数十のオスプレイ、数百の戦闘機の購入が約束されている。とすれば、沖縄の反基地運動の質が問われてきたし、いまなお問われている。私は軍事基地の平等負担を！　とは言えない。ましてや日本列島の軍事要塞化を！　などとは口が裂けても言えない。

二〇一五年七月十七日（金）午後七時、私は牧志のスクランブル交差点に立っている。後方からデモがやってくる。集団的安全保障を含む関連法が衆議院を通過したことに対する抗議の声である。「アメリカの戦争にまきこむな」という文字が見える。もし仮にだが、「ニッポンの戦争にアメリカの若者を巻き込むな」であったなら、私はそのデモに加わったかも知れない。

一、前衛短歌の胎動——「野試合」及び「鳥」

一九五九年、東京や近畿地方を中心とする歌人たちが青年歌人会議を結成する。各回それぞれのテーマで幅広く、発表と討論がなされる。三十回ほどの例会を持ったはずである。そこで何が論じられたか、テーマは多岐にわたるが、時代の潮流や青年歌人たちの問題意識を垣間見ることが出来る、と思う。ここに示しておく。

第一回　モダニズム短歌――塚本邦雄歌集『裝飾樂句』をめぐって
第二回　プロレタリア短歌について
第三回　リアリズム短歌について――土屋文明をめぐって
第四回　横光利一について
第五回　近藤芳美研究――『埃吹く街』をめぐって
第六回　近藤芳美研究
第七回　座談会「戦後派を批判する」
第八回　宮柊二研究
第九回　短歌における方法――「斉唱をめぐって」
第一〇回　短歌における言葉
第一一回　短歌における連作
第一二回　佐藤佐太郎について
第一三回～一六回　北原白秋
第一七回～二〇回　石川啄木
第二一回　新中国について

第二二回　口語歌運動
第二三回　プロレタリア短歌運動
第二四回　モダニズム短歌
第二五回　ジロドウと現代詩
第二六回　毛沢東の詩について
第二七回　ルネ・クレールの映画作品から
第二八回　短歌の様式　など…など

五八年末、解散を決定し、約三年間の活動に終止符を打つ。その間、青年歌人会議はいくらか政治的な動きをも示す。警職法改悪反対の声明である。

岸政府は今国会に於て民主的ルールを無視し、抜打ち的に警察官職務執行法改正案を提出した。

最近の岸政府の日米安全保障条約の改訂、勤務評定の強行、憲法改悪への意図等、一連の反動的動きと照らし合わせるとき、この法案の意図は戦前の警察国家への逆行であり、公共の治安維持という美名のもとに、民主々義に対する露骨な挑戦をしようとするものである。この悪法が実施されれば、憲法第二十一条の集会、結社、言論、出版、その他一切の表現の自由の保障、並びに第二十八条の勤労者の団結する権利、及び団体交渉、その他の団体行動の保障が空文化することになる。
加うるに岸首相が外人記者との会見に於て、憲法第九条の廃棄を含む、憲法改悪を言明している最近の報道を思えば、戦争につながる恐るべき意図の底知れぬものがある。
このような警職法は個人的人権を蹂躙すると共に、民主々義に敵対するものであることは、火を見るより明らかである。
吾々短歌にかかわる者にとって、この警職法は文学の自由を阻害するものとして、看過出来ないものである。よって青年歌人会議一同は、こぞって警職法の撤回を政府に要求し、飽くまで斗うものである。
右表明す
昭和三十三年十月二十八日
篠弘『現代短歌史Ⅱ　前衛短歌の時代』（短歌研究社）

いまにして思えばだが、この声明書は青年歌人会議の最後の一声であったのか、いわば白鳥の声。それとも六〇年安保闘争への予兆であったのか、いずれにとってもいい。

青年歌人会議の結成から解散時までの頃、沖縄では十代後半、高校一年生を含む若者たちが歌を作り始めていたが、各高校間の交流（那覇、コザ、首里、知念、読谷等）があったか、どうか知らない。まだ「未青年」歌人会議の結成を呼びかけるほどには時代も進んでいない。力量や度量のある者、いわば無茶をやらかす者もいなかった、と思う。あと一歩、というところか。幾人か作品をあげておく。

やる方なき嘆きに満つる沖縄に今朝も演習の高射砲とどろく　喜屋武盛市
あわただしく人のゆきかよう停留所に主席急逝のマイク流れり
飛びながらつるむトンボの目が青し少年の日の罪にはふれず　古波蔵正市
いら立ちのままにあらそいし悔恨にアダンはあくまで青さを保つ
肌寒き朝をしずかに階のぼる己が持てる思想貧しも　仲村渠致彦
ジャズバンドに身をやつしつつ夜更けて煉る曲は Moon Light sonata
今も尚変わらず児等の憎悪背に父は丹念に起訴状を書く
兵去りて尚去りやらぬ記憶あり演習終えし後の静けさ　真栄城守定
基地にある運命と思う横文字の看板に大方は託されし経済
（評）基地を詠んだものは多いが、大方は生硬で余情に乏しく採り難い。この二首はまずまずといったところ。　小林寂鳥
帰国船舞鶴着の記事あれど父の消息知る術もなく　宮城正勝
定時制劣等感いだくなと言はれたが修了式に校長は来なかった
精麗の魅力無くせし白菊の枯れて花びら散りたまりゆく　玉城祐純

米艦の沖にかすかに灯をともすおさなき吾の戦禍の記憶

一九六〇年四月一日、沖縄青年歌人グループは機関誌「野試合」を発行する。多分、青年歌人会議を意識している。発行者・北見四郎。編集人・小橋正市。印刷所・沖縄刑務所。翌年四月、「鳥」と改名。編集兼発行人・与那覇幹男。

母の手の火傷いたまし海鳴る夜も死霊のけむりいむ誘蛾灯
母哭かす幻影　水槽の底深く落ちゆけり血をもたざる水母
八月の屋根唐獅子の死を背負い蒸せをり方位感得よ家族
息白き真冬蕩児におとずれて囮のごとく響く肉声
甲羅厚きユダさえ通す〈橋〉渡る時若者は内部へのめる
恋告げる唇より騎士は風化していたりやいずれも谷間の平和

北見四郎

北見は書く、「沖縄の短歌界に前衛意識のあることは否定できないが、しかし、〈前衛派〉と呼ばれるほどの歌人もいないし、結晶した作品も歌集もない」と。同人の誰一人として自らを前衛派と称したのでもなく、それは「難解派」と共に外からのレッテル貼りであり、いわば蔑称であった。

手錠はめられし感覚に繋がる未だ重きかかる過去あり　喜納静子
避けがたき血筋それさえ皆無にて恋情無風の位置におかれて
埋もれゆく不安けちらすごと剥奪の愛ありある夜ひそかに
冬銀河の凍る日は血も凍りゆく一年ののちの君にあいたし　西静香
極まりて道化となる午後孤室より匂ふ芥子の黄を集めて
美しく欠けていく歯形残し夜のたけなわ果汁深く吸ひとりてやまぬ
極貧の青年ヒットラー、ストライキのポスターを剝がす小便小僧の前　新城貞夫
冬の街入陽は射さず党書記長を野次る若者のごとき贋金
婚姻の季節　屋上に熱帯魚飼う青年め薬の匂いして
テロリスト太古もやさし若妻を恋いつつ海を映しすぎる空
階級の止揚へ母斑の血を注ぎ武装の焰地下墓所の青し
この静止の内なる激しき動乱を見定めて足許にわななける声　宮城末生
すべてを怒りの対象としておれど何も握ってはいぬこの拳
母よ汝が抱きてはならぬ息子のいま灼熱のごとき論理ぞ
純情のさ中に動く慕情ゆえ冷たくささやく日を耐え来たる　伊礼春夫
去りゆかむ君がノートをめくりつつ何処にも愛の置きどころなく
怒り易き性とは思へ母よこの真夜中にわが独り寝ころぶ

教え子、勝連敏男によれば伊礼には歌集『歯車』があるらしい、未見である。私家版、ガリ版刷りかも知れない。

小橋正市

花咲けるばかりに肉類吊るされて肉屋ひと充つわが敗戦忌
夏昏れて鉄塔蟬のごと鳴けり彼のかがやける硬直死恋ひ
くさ色の胸もつ少女娶りたき夜の花舗はあらしを吸いて
唇形花いま河床に沈めつつテレビに白しかなたの蛮地
たわやすき奪還はなし塗りたてて少女われらの明日継ぐなかれ
無色の血流す街路樹うつうつと革命男の内部をいでず

なお、小橋が沖縄青年歌人グループの立ち上げ宣言ともいうべく、アンドレ・ブルトンの「シュールレアリスム宣言」には及ばないが、「編集後記」を書いている。引く。

さる高潔な青年は、短歌を作っている僕らに対して、君たちは島内亡命者だといった。果たしてそうだろうか。戦争以上の危機体の中にある僕らが、どうして現実から目をはなしその状況から遁れ得よう。宇宙の拡がり、原子科学、混沌たる現代文明、そうした強力な影響力に抗したとき、個人をおそうの（は）何であろう。詩の源泉はいったい何処にあるのか。詩は個人が個人の力と言葉で考えることのできる最後の砦ではないだろうか。
とにかく野試合は始まった。僕らは、決して歌壇的スノビズムや、島内亡命者王国を設くために集まったのではない。青空の下で、それぞれ刃をもって斬り合うのだ。袈裟がけにバサリと斬られて消えゆくのもあろうし、自ら切腹して終るのもよかろう。あるいは又、ただ独りカリギュラとなって荒野をさまよい歩くのがでてもかまわない。

同じく「編集後記」に北見は次のように記す。

　短歌というジャンルから［私性］を捨てろとは、短歌についての認識の浅さを暴露している。もし本土で試みられているように、狭い［私の世界］をより汎い詩の世界へ昇華せよというなら話は別だ。短歌から［私性］を切り捨てるとしたら、かつて私達がみて来たように、既成短歌が落ち込んだスローガン的短歌、または無気力な平面写生短歌の二の舞を踏むことになろう。私達には彼のスローガン的短歌はグロテスクにしかみえず、アララギ派やその亜流からは、感情の停滞以外に何も得るものがない。問題は［私性］を捨てる事ではなく、いかにそれを詩の世界へ昇華すべきかである。

蒼海をかがやくばかりに水母透き孤島に眩しき夏は来にけり　紙魚太郎
夕焼の中帰りきて混血の憂い匂わす貴女羨しも
雪嶺の岩のかたえに凍死せし鳥にはるかな夏かがやけよ

紙魚は本名・山口恒治でエッセイ「前衛短歌の一考察――その庶民性の危惧と乏しさ――」を書く。琉球新報、六〇年一月。「九年母短歌会」の知念光男が応じている。別の小論「沖縄歌壇への提言」では短歌界における評論の不毛を突いている。

空撃法真昼間ちいさき脳うずめかかわり空しおびえ起して　高山史
死をはるか海紅に秘む冬日月神失せてもだける疾悪
空洞の闇に息づく妊れる蛆、すでに革命の野声は遠く
冬の陽のたまれる浜に衿たてて灰娘の歌う愛の挽歌　喜瀬香代子
頭蓋車押して生く街アルジェリアの惨事ひそかに何構築せむ
天の空地犇めく愛語われ蒔かむ秘事は浄くわが内に棲め
ベートーベンの胸像ありてその顔に刻める苦悩に近き心像　峰ひふみ
息をのむ一瞬なりき見いだせしツリガネ虫の形描写す
堪えがたき苦悩もあらずやすやすと我が青春は過ぎ行かむとす

繊維質の血脈なでて台風期きむわが邑はくろき珊瑚の地質　与那覇幹男
甘蔗葉に風そよぐ時綿蛾虫の鱗粉散りて初恋はあり
裸木の枝折りて運河に落すごと冬近き夜のゆえなき焦燥
ねつ造も行為も美化し海をゆく風も一役負わされていつ　石川盛毅
宵早く痴態の部分息づけり街には遠き〈飢餓の島〉冬
冷たき機構にひしがれ孤り坂下る墜ちゆく地点の透きて見ゆる日

いきなりだが、何の脈略もなく、ここに北見四郎の詩を引いておく。沖縄には詩人が多い、と言う。だが、この詩に着目した詩人がいるか、どうか知らない。

墓地異聞——モノローグ（一）　北見四郎

青い月曜日の憂愁に堪え
ブロックン・イングリッシュの語呂あわせも
　三十余年も重ねてきたが
今も舌の上をうまくまろばぬ
ああ手段よ

飢渇を拒むために理も遠く押しのけ
身分と言えば直接から間接へのたらい回し
くたばれ、カクテル・パーティ
さらば、ジャパニーズ・スマイル
スト打つたびに襲って来た寒波め
風に吹き千切れたシュプレヒコール
スト貫徹はもとより組織の自明
明日の展望を欠いた冬虹の天辺
矢来の雷雨に叩かれた暁のピケ隊よ
嘉手納基地の骨太の島男たちよ
逞しかった島女たちよ
キャンプ反戦基地の有終従業員たちよ
那覇軍港の果敢なゲイト封鎖よ
スト明けの朝は黄色の皮膚がひりひり火照り
劇一つやり損ねた悔やみと
脇腹にうずく恥は
乾布摩擦を続けてもくすぶった

おお果敢に戦い去ったあまたの先達よ
心の中で
無念の暑中見舞いを千枚も書き送ったが
いまだに風の便りも帰らぬ
ああ禍根を断つ術もなく時空は過ぎ
おびただしい未来告知者の死骸も見てしまった
未来は模糊として雲の彼方
無情な師走の定年激励会で
黒髪盛りの先達をやる瀬なく見送った
今年もすでに神無月
俺は孤独な離群癖をなだめ
幻の兄弟や仲間たちと
喜怒哀楽の瀬踏みに加わり
受忍の限度を総括する
そこが僕の五十路の磁場
ああ、今日も残波岬は赤く落暉に映え
悲哀を秘めた慶良間諸島の上空には

茜に染まる雲のはらわた
僕の鹹首の時期は不明だが
琉球燕よ、何時でも告げてくれ
朝ごとにゲイトを潜るとき心は撓うが
行ける所まで行く
僕はまだ大丈夫だ

（一九九二年　秋）

二、コザの街の青春群像――「夜と詩」

一九六〇年六月三日、コザ高校を卒業したばかり若者八名が「夜と詩」を発行する。発行者・謝名元慶福。編集者・当山久雄。印刷所・沖縄刑務所――印刷文化の上で果たした役割は大きい――六二年、第五号まで続く。

喜屋武英夫

彷徨の一夜裸灯に投影し宣伝ポスターの太き文字背景に
均衡の意識を不安に保ち歩む夜の塀へ匂う夜香植物
空しき愛曝せ幾たび穂芒の抜かれ抜かれて唇荒れていむ

紙面埋むる余白の記事をかかざれば夕映えわれに最もはげし
背徳の行為を秘かに恥じる夜友と黙して喫茶店にあり
またたけるネオンはぬれて闇に舞う基地街の花を飛び行く夜蝶
化粧厚き歌えよ夜の女我が民族の素朴なる民謡
道行きてもどり来たりて吐く息のむらさき色に染まるは何ぞ
誰が為果実よ裡に熟れていむ受胎幾夏処女らの挽歌
逃れえず少女は常に視野にあり足浮く陸橋はわが射撃目標
組みてゆく腕にまつわる日本の血〈不尊の子〉らのデモ乱るとも
冬の灯の暖かければ街娼になべて愛など与え来て二〇才
雷鳴に神話の復活歌わむ僕らに一つのインターはなし
共鳴せる人ら再び欺かれ忽熟れる夜に作られる神話

知念正真

知念は演劇人として知られる。彼の作品「人類館」は幸喜良秀のグループ「創造」によって幾度か上演されている。二年前、亡くなった。七十一歳だという。詩誌「EKE」VOL44が追悼特集を組んでいる。

新緑の空の斜陽が目に染みる母校をはるかあわれ春行く
泡影なる恋であったと呟やきて独り見仰ぐる松の上の月

当山久雄

劣等意識激しく去来する宵より一人放たれてこの道を行く
寂しさは己れのみぞかと丘の上に富士を仰ぎつ草花をつみおり
青梅の渋き思わずわれを射すわが掌は常に深き虚無を握りて
ほら穴に喘ぎの如き煙吐きて汽車入り行きしたそがれの〈六月〉
いとし子を胸に抱きてほほえめる若き母親美しく見ゆ
雨の歌くちずさみつつ君まてば東の空に虹あらわれぬ

桑江勝巳

子供だといい張る親に説く術なくひとり涙せし夏の夜の海
容赦なくあびせる罵とうを背にうけて拳にぎりし心のむなしさよ
淋しさや帰る度になぐさめしやはけき言葉耳に残りぬ
結局は小さなるこの島国の土を死ぬまで守ると農民は云う
項垂れて生きることより死ぬことを思ひぬほどに心弱くなり
嬰児の寝顔をかこんでヂット聴くわがふるさとの悲しき歌を

島袋英男

薄曇るガラス窓にて妹は指汚しつつ亡母の像描けり
母のなきわれらのためにかすかなる哀のまなざし送る人もあり
樹を切るに樹皮剝しつつ眠られぬ君がための聖像彫るわれ
思想なきこの喫茶店に来て真夜中の MODERN JAZZ をきく少女とわれ
貧民と泣くばかりなるヒロインを映画見ている間愛しき

仲宗根スミエ

はかなくて夏過ぎゆかむ思ひにははじめて知りし君を恋いしむ
思いきや秋立つ浜辺に一人きて君のあつき胸を知るとは
東北の地を巡りたりと慕いおりし汝へ書く文祈りをこめて
影となりしなふ木群よひとときに今宵寄す文のインクのにじむ
かくばかり心は驕りなげうたむ寂しき夜々をトルストイ読む
岐路に立つ我を導く師もなくてネオンの街を一人さまよう　　喜屋武進

飛行雲S字形に浮かして空高く地表の暑さなお衰えず
高原の真日照る道を胸張りて白き鶏はよぎりゆきけり
くち落ちし白き土塀のかたわらに近代的な工場が見ゆ
放射能多く含んでいるという白菜畑雨に濡れて痛々し
わが脇に黙して座る身ごもりし猫は荒々しく呼吸しており
名も知らぬ黄なる花咲く納沙布に我一人して祖国を仰がむ　　川井田庶子

思い出の旅や終らむ急行〝千歳〟二度とはあらぬ青春を残して
けがれなき青空のごとくこの我もなりたしと思う暗き過去持てば
誰も居ぬ静かな校庭の片隅に秋風にゆれて野菊咲きけり
いかなる母を持てるか少年の混血なる故の長き孤影
逢う度に青き瞳をふせてゆく少年の白線の輝く初夏の朝　　宮里涼子

閃光の闇に少女の裸体あり寝つかれぬ床に貧血の眼
内耳刺す罵声あまた多かれど狙撃目標に変動はなし　奈本福

ここにテーマから外れるが、他の同人の俳句を引いておく。

春の灯の野にやわらかく郷遠し
水澄みて金こぼせし金閣寺　渡慶次かおる
まだ不明の冬の樹木の皮たるむ
秋風に声とする声々なさず
短夜や朝風を切るオートバイ
花茨今朝は巌の隠るほど　安藤順子

いきなりだが、何の脈略もなく、謝名元慶福の詩を引いておく。基地の街コザの歴史と風景が浮かんでくるはずだ。

戦後　**謝名元慶福**

僕はみぃっつ
弟はふたつ
　二人を向かい合わせると　きまってすぐけんか
暗い壕の中で
　大人たちは息を止め　敵の去るのを待っている
　キャッキャッとさわぐ二人
　それでいつも二人は背中合わせ
「ほんとにもう戦争はいやだ」と　言った母
今　母は　ハンドバックに　チューインガムを
しのばせて　いそいそと　軍の施設内へ入って行く
金網の向うへ
当時　三つの僕は　もう二十歳
　二つの弟は　もう十九
「ほんとに　もう戦争はいやだ」と言った母は
戦果や軍のザンパンの中に
十七ヶ年という歳月と共に消え失せたのか
「ネスコーヒーがずいぶん安く手に入るのよ

ＰＸの流れでね、それにあなたに着けられそうな
ジャンパーだってまるでただみたい。」
「安保て何あに？　ナイキ、日本復帰、
全然関係ないわ。」
「金さえあればね、やがて宇宙飛行も出来るのよ、
わかる？」
ある朝
　十九になった弟は新聞を片手に
「兄貴、沖縄からも自衛隊員募集するんだってさ、
俺も応募しちゃおうか、」
終戦
　三才だった僕も
もう　二十歳になっている

三、広く開かれた「タイムス歌壇」

一九五六年九月、タイムス歌壇が始まる。選者・小林寂鳥。「沖縄青年歌人グループ」や「夜と

詩」の同人たちの主な発表の場でもあった。此処で十代半ばから二十代前半の若手の作品を五八～六二年に限定して取り上げる。ことに高校生が多いはずである――舟木一夫の「高校三年生」ならぬ高校一年生をも含む――習作か文学入門か、それとも通過儀礼か、いまは問わない。

海見ゆる視野無造作に絶ち切りて或るブルジョアのコンクリート塀建つ　　宮城正勝
愛される余白すらなき少年の日の回想の暗闇に向く
ある夜は炎の中に絡みいる愛と妬みのシルエット長く　　勝連敏男
アマリリスひそかに匂へる夕べなり蚊帳にさゆらぐ君のまぼろし
流れゆく楽譜の中に浮かびくる遠きその日のちちははのうた
微熱もつ君のまぼろしつきまとう色感のなき夜のかなしみ

勝連はむしろ詩人として知られる。歌集『幻郷磔刑』一九七三年刊　がある。約十年の間にいかなる変貌を遂げたか、ここに抄出する。あながち酔狂からではない。

地とは血のことと示しし父逝けり幻のみのわが地拓けず
夏の陽に指紋のごときひび晒しあか木よ歌え！　首吊りのために
八月の海の嵐のすぎゆけばことばの塔にきみ閉じこめぬ

きじむなあ村から村へ渡りゆく胸から胸へ火をつけながら
水の面を駆しる荒馬に跨える二十歳焉わりの夢に蹄を

（追記）なお勝連には詩人清田政信との間に短歌をめぐる論争がある。新城もまたその渦＝火の中に在る、よってここではふれない。

傍観の日々車輪の音鳴り止まず何を求めて来しわが生きぞ　伊礼春夫
五十余名の職員室の窓あけて叫ばむ独りの時と思へば　仲原英孝
罪もなき人らの上に太るものを憎みつつ抵抗の歴史深まる
感動もて見上ぐる空の鮮やかさ吾等永遠の愛を誓いぬ
論告に赴く朝の物言い少し冬日の中に立つ父検事　仲村渠致彦
殺意の有無検討し居る父の背の微動だにせず夜深まりき
影のみを残して人は去りゆけり被爆の跡のみ黒々として　峰ひふみ
悲しみも不安もすべてとかし去れセーヌの河の流れの果てに
むしろわが詩はにじめり塵籠にすてられておりぬむたき午後に　喜屋武英夫
セーターの少女が玻りに透きて見ゆ淡き林ごの影を買いたり
とりどりに着つくろいたる幼子にじっと目をやる母のまなざし　喜屋武進

大学をめざして励む友の顔冬の教室に暖かく見ゆ　喜納勝代

パラパラとめくりて今日の命日に「めし」を再び手にとる夕　北見四郎

美わしき花の命の君なればなおも恋しき浮雲の上

ほら貝は鳴らず少なき肺活量郷愁こんなところで崩る　新城貞男

陽の匂いして回るべく初夏の回転木馬革命ブルース

克明に罪を描きし背信の徒は歩みゆく夕もやの中　小橋正市

火に挑む確信の行為に蛾は散れりわれらの暗き未来の象徴

無精卵うみつぎ朝をはばたけりオウムにもっとも明るき時刻　山口恒治

寄りゆけば誰もつめたき傷もてり手に息かけて街を歩むは

沸きやすき血潮のめぐり四肢なげてひとり深夜を愛に飢えおり　紙魚太郎

アンコウの巨口の暗さ飢えふかく生きいるわれらの呪うべきもの

鉄塔を星座はめぐり基地眠る若き世代の咆哮途絶えて

不発弾抱きてこの夏過すにはあまりに蒼き海とおもえり　西静香

愛のみに生きる限界持たずして男は社会の一員になりゆく

胸えぐる愛語を抱きて貝のごと膨脹しゆく闇をもてあます　高山秀子

けたたまし声をひびかせ街娼らの高きかがとが深夜に続く

無頼なる混沌の中に在りし身に愛憎の渦の戦きて伏す

真青な海憧れし少女の日に我が忘れきしものの豊けき　高山史

吠ゆるごと飽くなき傷に未青年死語持ち寄りて論理つめゆく

「道」を見てしばらく静かに黙しおり遠くイタリアのサンパノを思う　嵩原久功

茜色の空に尾を断ち放ちやるトンボは螺旋を描きてとびゆく

空漠と時間を生きるのみの日々銀河はくらし吾が窓の位置　城原啓司

冬浅き風は絶えまもなく頰打てり月さえざえと街路を照らす

不眠の夜の幾日か過ぎて冬となる自殺の思い今に捨て得ず

コンクリートの固き傷もつ亀裂より深夜は暗き呻き洩れくる　真城定之介

崖に立てば海吠えて寒し視野の限り霧の流るる叙事ある風景

亜熱帯の冬を信ぜず黄昏れに海鳴りて恋の残骸疼く

城原と真城は真栄城守定のペンネームか別の人格を装った異名かである。一～二度会っている、やや長身であった。いくつかのエッセイがある。「燃焼不良のエネルギー＝琉大文芸を批評す＝」沖縄タイムス、五九年八月。清田政信が応じている。「庶民文学としての短歌を――タイムス歌壇への要望を加えて――」同年十一月。新城が応じている。「戦後派の短歌――小橋・北見・新城の作品から」六〇年二月？　真栄城は「琉大文学」に小説を発表している。「彷徨」と「眩暈」の二篇、いずれも一九六〇年である。以後、私の視野から消える。

ふすまみな開けはなたれて夜もすがらＧＩさわぐ料亭の二階　喜屋武済一
昂じくる恋慕の心おさまらず文をおくらむかかりそめの娘へ　玉城祐純
位置変わらぬ臥床にからだ傾けて軌道移りゆく銀河を追う
感情の移りはげしき此の日頃不意に虚無の胸底に満つ　富山常和
自殺者の記事読みし日は遠ざかる紫雲の峰に思惟ひかれゆく
とこしえの荒野行けば無銘碑の群れてささげる花束はない
新なる郷愁胸に秘めながら守礼門今日をくぐりぬ　仲宗根すみえ
友の事語ることなく幾年か過ぎきし我を愛しく思う
百姓の貧しき家の表戸にも市長選挙のポスター貼らる　当山久雄
わが宿の灯にも劣らぬ十六夜の白き月光に家族かたろう
街頭に晴着が一段と美しき時内耳に激しき盲人の三味　知念正真
金網の向うに砲は据えられて常にわれらに向けられている死
ガヂマルの幹に大釘打ちつけて母は魔よけの夜を眠れず
無理にも目をそむけゆく住宅より静かに流れる「エリーゼのために」　宮里涼子
落日の照れる岩山に登りくればかすかに見ゆも君住める街
せせらぎに歩みをとめて佇めば絶えなむとする虫の声あり　当間実光

飛び立てよと祈れば鳩の飛び立ちて冬空高く舞いて遠のく
土間に食す夕げはにがしうつつと宮古を憶うこの冬の日に
古典を愛す清貧の寂しさよ学舎に捨ておきしわが少年の夢
潮風ふく夏の砂山に寂しさを埋めむと思うほろびし愛の
薄氷に似たる命を堪えもちて秋呼ぶ風の砂に腹這う
貪欲の金魚ら群れて餌を食うその孤独なる華奢な輪舞よ

新垣健一

新垣は父なき子であった、わずか二〜三歳の幼子から父親を取り上げる国家であった。どのように幼少年期を過ごしてきたか、知らない。ただ、高校時代に短歌を、卒業後は主に俳句を制作していた。野ざらし延男の俳誌「無冠」4号が健一追悼特集を組んでいる。夭逝。二十代半ばである。一〜二度会っているが、病弱には見えなかった。

紺碧に島曝されて独楽鳴らす
秋風や樹々韻きあう木曾の宿
冬落暉島の軌跡は墓碑ばかり
旅果つや呼吸やわらかき秋の蝶

新垣健一

縁談ありて
身を縛す華やぎの日々燕来る

ここにテーマから外れるが、例の外としてタイムス歌壇の選者・小林寂鳥の作品を引く。

年ごとに未成年輸出の声たかし血縁斜めに傾く思い
年払い十年払いと首足喰うわが島人のたづきかなしく
選挙ごと賭けし復帰のスローガン色あせてまた正月迎う
バーピースなどと言うありて古里の夜はネオンの明滅すあり
海風にゆるがぬ山の孤独さか日がな一日雲の流るる

おわりに

それから半世紀が過ぎた。私は次のような浦添高校一年生の短歌を目の前にしている。

浜崎結花
好きですと言って終わりが来るのなら月が綺麗と言って死にます
星空があなたを守ることだけを信じたいんだ流星ひとつ

海鳴りが明日は来ると言っているような気がして朝を待っている

以下、名嘉真恵美子の教示による。第4回「牧水・短歌甲子園」に出場した県立八重山商工高校の生徒の作品である。

門限を過ぎても頭に君がいる寝るまでずっと帰ってくれない　小濱歩
明日からは新たな恋を始めるわ漂白剤に今日は漬けおき　武井久美
帰り道赤信号が嬉しくて君との時間ちょぴり延長

木枯らしが吹き始めた、というのに秋風のように、いや春風のようにさわやかで心地よい。口語表現が短歌にやわらかい味を与えるのか、いまは問わない。それとも文語定型詩ではどうか。議論はあるが、結論はない。私にとって永遠の未決定、ニュートラルというのかしら。

「短歌研究」2016年3月号に加筆した。

（追記）記録と記憶。消えるなら消えて差しつかえない。事実、幾千・幾億・幾兆かのそれが消えてきた。だが、ことに記憶だが、消そうにも消しようもなくまとわりついてくる。それを消す消しゴムがない。個人の記憶と言っても、人類の記憶と言っても同じである。私たちの身体＝からだの何処かで憶えている。

あとがき

朝夕、庭を眺めている。箱舟のような小さな庭をただ眺めている。ひたすら眺めている。ひねもすのたりのたりの生活である。満年数79、数え年齢81。中をとって80歳の老人に他の生き方があるとも思えない。

一本の柿の木がある。いつ植えたか、記憶にない。勝手に種子が地中に埋もれ、勝手に芽を出し、勝手に成長し、そして幾歳月かの時間をかけて実をつけただけで、何の不思議もない。むろん施肥らしきことはしていないので、秋から冬にかけて自らの葉を一枚一枚そぎ落として、その葉を自らの栄養として生き延びてきたのであろう。はてさて私は生き延びられるだろうか。

目白めに食われて柿の末路かな

わが家の庭には薔薇がない。棘のある植物を——どんなに美しくとも——植えていない。私がこころ優しいからではない、逆である。心にいっぱいの棘を隠し持っているからだ。ときにその棘が突出して私の体をつらぬく、脳内出血だって起こる。

毎日咲くから日々草というのだろうが、いわば雑草の一種である。わが家には季節それぞれに限定して咲く花がない。手間暇をかけて優美な花を植えるだけの余裕がない。よって庭の花は日々草に任せきりである。

その日々草に虫が――私に娘はいない――ついたのである。学名を知らない。みどり色をしているが、青虫というらしい。別に日本人の色彩感覚に異を唱える気はない。ましてや色覚異常だなんて言う気もない。ただ私には青信号が緑に見えるだけである。事実、ドイツでは緑の信号 grünes Licht と呼んでいる。

朝、庭に出る。日々草の下に小粒の黒い糞が落ちている。落し主がなかなか見つからない。葉の裏に葉緑素をたっぷりため込んで、太った虫がへばりついている。約五cm、丸味を帯びている。緑の葉は青虫にとって身を隠すにふさわしい、いわば保護色。

以上、明晰ならぬ文体で、しかも混乱した頭脳の落し子としかいえないエッセイを辛抱強く読んでくださり、出版にまで漕ぎつけてくださった書肆侃侃房の田島安江様に感謝申し上げる次第です。

新城貞夫

二〇一八年五月七日

■著者プロフィール

新城貞夫（しんじょう・さだお）

1938年　サイパンに生まれる
1959年　「九年母短歌会」会員
1960年　「沖縄青年歌人グループ」同人、機関誌「野試合」「鳥」
1962年　第8回角川短歌賞次席
1963年　『夏、暗い罠が・・・』刊　発行許可　指令内第183号
1965年　短歌誌「狩」発行
1970年　村上一郎、桶谷秀昭共同編集「無名鬼」に作品発表。
　　　　14号、16号、17号、18号、20号
1971年　「石敢当」同人。「朱夏」刊
1973年　三一書房『現代短歌大系』11巻、現代新鋭集に百首採録
1979年　『花明り』刊
1981年　第15回沖縄タイムス芸術選賞奨励賞受賞
1998年　『新城貞夫歌集』刊　限定55部
2011年　『新城貞夫歌集Ⅱ』刊
2013年　『ささ、一献　火酒を』刊
2015年　『アジアの片隅で　新城貞夫歌文集』刊
2016年　第50回沖縄タイムス芸術選賞大賞受賞
2017年　『Café de Colmarで』刊

現住所　〒901-2205　宜野湾市赤道2-6-6

随想集　遊歩場にて

二〇一八年九月十日　第一刷発行

著　者　新城貞夫
発行者　田島安江
発行所　株式会社　書肆侃侃房（しょしかんかんぼう）
〒810-0041
福岡市中央区大名2-8-18-501
TEL 092-735-2802　FAX 092-735-2792
http://www.kankanbou.com
info@kankanbou.com

装　丁　村上行信
カバー写真　川上信也
DTP　園田直樹（書肆侃侃房）
印刷・製本　シナノ書籍印刷株式会社

ISBN978-4-86385-332-4 C0095

日本音楽著作権協会（出）許諾第1808663-801号